AF200095

DU BIST NIRGENDS SICHER

Ein Samael Förster-Krimi

von Marc Forest

Ein ganz besonderer Dank
geht an meine Kinder Laura und
Philine, die mich tatkräftig in der Korrektur unter-
stützt haben.
Ein besonderer Dank geht an
Jeanette Hesse und Sylvia Arnoldi, auch sie haben
mir mit einer Korrektur und wichtigen
Hinweisen geholfen, den Krimi
in   diese   endgültige   Form   zu   bringen.

Bibliografische Information der Deutschen Nationalbibliothek:
Die Deutsche Nationalbibliothek verzeichnet diese Publikation in
der Deutschen Nationalbibliografie; detaillierte bibliografische
Daten sind im Internet über dnb.dnb.de abrufbar.

© 2019 Markus Waldmann
Herstellung und Verlag:
BoD – Books on Demand, Norderstedt

ISBN: 9783748158509

1

Samael lief wie jeden Morgen, wenn er Spätschicht hatte, seine Stammrunde. Der Morgen war
seine Lieblingszeit, um joggen zu gehen. Es war die
friedlichste Zeit des ganzen Tages. Langsam erwachte die Welt und Samael genoss dies. Er konnte nicht
verstehen, dass es Menschen gab, die diese Schön-
heit nicht sehen wollten. Gerade in den Sommermo-
naten war es wunderschön, in den Sonnenaufgang
zu laufen. Natürlich war es im Sommer schöner als
im Winter, aber auch die anderen Jahreszeiten haben
etwas für sich. Wenn sich im Frühling und im Herbst
der Dunst über die Wälder erhob, war der Geruch
im Wald herrlich. Da er nicht mehr viel zum Genießen hatte, nutzte er diese Augenblicke.

Seine Frau und seine Kinder lebten nicht mehr mit
ihm zusammen. Seine Familie, und vor allem seine
Frau, litten unter seinen psychischen Problemen. Sie
merkte, dass er mit etwas, das seinen Beruf betraf,
nicht zu Recht kam. Samael sprach nie mit ihr darüber. Aus seiner Sicht wollte er sie nicht mit seinem
Problem belasten, er hatte selbst genug damit zu
kämpfen. Auf sie wirkte dies, als könne er ihr nicht
genug vertrauen. Diese Spannung entlud sich mehrfach in lautstarken Streitereien zwischen ihm und
seiner Frau. Irgendwann verlangte sie von ihm, sich
professionell helfen zu lassen. Dies lehnte er ab,
kündigte seinen Job und arbeitete nun bei einer großen örtlichen Firma im Wach- und Sicherheitsdienst.

Dies und die ständigen Streitereien mit seiner Frau ließen Samael von zu Hause ausziehen. Zurzeit bewohnte er eine kleine Wohnung in der Innenstadt.

Mittlerweile war ihm klar geworden, dass er schuld daran war, dass seine Frau nicht mehr mit ihm zurechtgekommen war. Vor einem Jahr sah er die ganze Sache noch etwas anders. Als er kündigte, war Jeanette nicht mehr wieder zu erkennen. Ständig nörgelte sie an ihm herum, immer wieder musste er ihr gegenüber seine Entscheidung erklären und rechtfertigen.

Damals glaubte er, Jeanette habe sich von ihm getrennt, weil es ihr peinlich sei, mit einem Mann zusammenzuleben, der seinen gut bezahlten Job als Polizist kündigte, um Autoreifen zu bewachen. Mittlerweile, und nach einigen Sitzungen beim Psychologen, war ihm klar geworden, dass es sein Verhalten war. Seine Frau glaubte nicht daran, dass es ihm besser gehen würde, wenn er nicht mehr bei der Polizei wäre. Ihr war klar, dass ihr Mann vor etwas flüchtete. Was es war, konnte Samael ihr nicht erklären. Daher versuchte sie ihn immer wieder daran zu erinnern, dass dieser Beruf seine eigentliche Berufung war.

Die meisten seiner Fälle waren harmlos, aber immer wieder kam es vor, dass er und seine Kollegen zu ungeklärten Todesfällen gerufen wurden. Diese und die Ermittlungen darüber machten ihm am meisten zu schaffen. Jetzt begriff er auch, dass dies der Grund für seine Kündigung bei der Polizei war, und nicht wie er immer dachte, die zu vielen Stunden, die er mit seiner Arbeit verbrachte. Er wollte mehr Zeit mit der Familie verbringen, und seine Frau zog es vor, an ihm herum zu mäkeln. Für ihn war damals eine Welt zusammengebrochen.

Mit Hilfe seines Psychologen hatte er die Dinge wiederholt analysiert, dabei waren sie darauf gekommen, dass es nicht die Zeit für die Familie war, die Samael dazu bewogen hatte, den Beruf zu wechseln, sondern der Stress mit jeder neuen Leiche, die gefunden wurde und mit den Geschichten dahinter.

Mit Jeanette hatte er darüber nie wirklich gesprochen, und da sie nur noch wenig Kontakt hatten, war es ihm auch nicht in den Sinn gekommen, mit ihr diesbezüglich ein Gespräch zu beginnen. Die Kinder kamen wie sie lustig waren. Immerhin waren sie schon Teenager und hatten wenig Lust, bei ihrem alten Vater abzuhängen. Auch das machte ihm zu schaffen, immerhin war er erst Ende dreißig und er fühlte sich gar nicht alt. Seine Einsamkeit und der Stress, den die Bewältigung seiner beruflichen Vergangenheit mit sich brachte, hatten ihn dazu gebracht, immer mehr Sport zu treiben.

Bevor er heute los gelaufen war, hatte er sich im Spiegel angeschaut und das, was er gesehen hatte, gefiel ihm. Jedoch gab es auch einiges, das ihm zeigte, dass er den Stress noch nicht verarbeitet hatte. Sein Körper war durchtrainiert, seine Haare waren kurz und der Dreitagebart ließ ihn verwegen aussehen. Er glaubte, dass er mit seinem durchtrainierten

Körper mehr Chancen auf dem Singelmarkt habe und mit Sicherheit viel Spaß haben würde. Aber genau das war für ihn immer noch nicht möglich. Wenn er sich im Spiegel anschaute, sah er noch mehr! Dinge, die den wenigsten Menschen in seiner Umgebung auffielen. Da er nur sehr wenige Freunde hatte und diese nur selten sah, machten ihm die meisten keine Vorhaltungen. Aber seine Augenringe, die grauen Haare und das abgemagerte Gesicht konnte er nur vor Fremden verbergen. Sein Psychologe sagte ihm häufig, dass er mehr zur Ruhe kommen müsse und nicht so viel Sport treiben solle. Doch für Samael war der Sport mehr als nur Bewegung, denn während des Sporttreibens konnte er abschalten und vergaß für eine kurze Zeit sein Leben.

Mittlerweile hatte er sich einige Runden angeeignet, die er immer wieder lief, je nachdem, ob er Früh-, Spät- oder Nachtschicht hatte. Heute lief er wieder quer durch das kleine Städtchen, in dem er wohnte, dann ein Stückchen am Fluss entlang und schließlich hinter der alten Römischen Villa in den Mundwald hinein. Er folgte einer Kurve und bereitete sich auf einen längeren Anstieg vor, als ihm plötzlich der Atem stockte und er beinahe über seine Beine gestolpert wäre. Noch war die Sonne nicht ganz aufgegangen und im Wald war es sogar noch etwas dunkler, aber der weiße Arm, der unter einem Gebüsch heraus ragte, leuchtet als würde er von einem Scheinwerfer angestrahlt werden.

Samael, der abrupt stehen geblieben war, fühlte sich wie gelähmt. Da waren sie wieder, die Gefühle, die er jahrelang versucht hatte zu verdrängen. Langsam und unsicher ging er zu dem Gebüsch, seine düsteren Gedanken bestätigten sich. Unter dem Gebüsch lag die Leiche einer jungen Frau, blass und nackt. Keuchend stolperte er zurück. Er wusste, dass er nicht so einfach abhauen konnte, auch wenn er es am liebsten getan hätte. Aber seine Fußabdrücke auf dem Boden würden ihn verraten und wie sollte er erklären, dass er als ehemaliger Polizist so gehandelt hatte. Seine psychischen Probleme waren nur ganz wenigen auf der Dienststelle bekannt. Sie würden ihn als Hauptverdächtigen behandeln müssen, das konnte er nur umgehen, indem er selbst den Fund meldete. Aber auch dann würde er zumindest zunächst dem Verdächtigen Kreis angehören. Es würde ihm den Tag zerstören und viele Nerven kosten.

Mit zitternden Händen griff er nach seinem Handy, das er immer zum Laufen mitnahm. Er wählte die 110 und hoffte, dass er nicht in Panik geraten würde. Sein Anruf wurde umgehend angenommen.

„Notruf der Polizei, was können wir für Sie tun?"

Die Frau in der Notrufzentrale wirkte genervt.

„Hier spricht Samael Förster, ich glaube, ich habe hier gerade die Leiche einer Frau gefunden. Ich befinde mich im Mundwald oberhalb der römischen Villa in Wittlich. Was soll ich machen?"

„Sind Sie sicher, dass es sich um die Leiche einer Frau handelt?"

„Ja, eindeutig, der Leichnam liegt unter einem Gebüsch und der Arm schaut darunter hervor."

„Wir schicken umgehend einen Einsatzwagen zu Ihnen, bleiben Sie bitte am Apparat, falls wir noch Fragen haben sollten. Und fassen Sie bitte nichts an!"

Er wusste, dass er nichts anfassen durfte und ihm war klar, dass die Streife schon unterwegs war. Immerhin hatte er ja lang genug für den Verein gearbeitet. Damit ihn die Polizisten leichter fanden, ging er um die Kurve und blieb unter der Autobahnbrücke stehen. Wie er schon geahnt hatte, waren die Polizisten bereits auf dem Weg. Von weitem war das Blaulicht zu erkennen. Sobald sie ihn sehen konnten, winkte er ihnen.

„Die Polizisten sind angekommen, kann ich jetzt auflegen?"

Einen kleinen Moment blieb es noch ruhig am anderen Ende. Ihm war klar, dass die Polizistin am Telefon bei der Streife nachfragte, ob seine Angaben stimmten.

„Natürlich, alles Weitere besprechen die Polizisten mit Ihnen vor Ort."

Samael legte auf und steckte das Handy weg. Die beiden Polizisten stiegen aus und Samael war froh, dass es sich um junge Kollegen handelte, sie würden ihn nicht kennen. Aber es war nur eine Frage der Zeit, bis der erste Beamte kommen würde, der ihn kannte.

„Guten Tag, wir wurden darüber informiert, dass Sie glauben, eine Leiche entdeckt zu haben!"

Der junge Polizist trat näher, während seine Kollegin an der Tür des Streifenwagens stehen blieb. Samael wusste ganz genau, warum sie da blieb. Auch wenn er in seinem Sport Outfit nicht gefährlich aussah, war Vorsicht besser, als erschossen zu werden.

Er nickte dem Polizisten zu.

„Hier um die Ecke liegt die Leiche einer jungen Frau, bitte kommen Sie und schauen selbst."

Samael drehte sich um und lief voraus, so gab er den Polizisten die Möglichkeit, ihm zu folgen, ohne damit rechnen zu müssen, dass er ein Verrückter war, der sie angreifen wollte.

Er spürte, dass die Polizisten einen gewissen Abstand zu ihm hielten. Erst als der Arm der Leiche in Sicht kam, ging die Aufmerksamkeit der Polizisten von ihm auf den Leichnam über. Samael fiel sofort auf, dass der junge Polizist noch nicht lange im Streifendienst sein konnte. Man konnte richtig dabei zusehen, wie ihm die Farbe aus dem Gesicht wich. Die Hand des jungen Polizisten glitt an seine Dienstwaffe.

Ab jetzt achtete Samael darauf, dass er keine unnötigen Bewegungen machte.

„Ines, hier liegt tatsächlich eine Leiche, ruf sofort Verstärkung! Ich bewache solange den Zeugen und das Opfer!"

Samael wurde das Gefühl nicht los, dass ihn der junge Polizist verdächtigte.

Nach seiner Auffassung verging die Zeit wie in

Zeitlupe, Langsam begann er auch, etwas zu frieren. Die Laufkleidung war schon leicht verschwitzt gewesen, als er auf die Leiche traf. Nun kam noch ein leichter Wind auf, sodass es richtig unangenehm wurde. Auch das Aufgehen der Sonne half ihm nicht. Es würde noch einige Zeit dauern, bis die warmen Strahlen seinen Standpunkt erreichen würden.

Schier endlos schien es zu dauern bis noch weitere Polizisten eintrafen. Aber erst als Samael seine beiden Ex-Kollegen Eric und Sven sah, wurde ihm bewusst, wie peinlich die Situation für ihn werden könnte. Er hatte schon überlegt, die Gunst der Stunde zu nutzen und weiterzulaufen. Denn sein Bewacher passte gerade nicht auf. Ihm war jedoch klar, dass es keinen Sinn hatte. Immerhin hatte er den Notruf gewählt. Die Polizei hatte seine Handynummer und er hatte seinen Namen genannt. Noch bevor er seinen Gedanken beenden konnte, hörte er schon die tiefe Stimme von Sven über den Weg schallen.

„Wenn das nicht Samael ist! Na du alter Haudegen!"

Samael drehte sich der Magen um. Der junge Polizist, der seine Ablenkung gerade begriffen hatte, nahm wieder Haltung an. Die Waffe hatte er zwar nicht gezogen, aber schon gelockert und die Hand am Griff.

„Ist schon in Ordnung, den Typen da kennen wir ziemlich gut. Der dürfte keine Bedrohung für uns sein."

Der junge Polizist runzelte die Stirn, entspannte sich und machte sich auf den Weg zurück zum Streifenwagen. Während Samael dem Polizisten nachsah und das ganze Treiben beobachtete, dachte er über Svens Spruch nach.

Er hatte recht, wenn man die beiden sah, überlegte man es sich zweimal, ob man gegen sie die Hand erheben sollte oder nicht. Sven war etwas größer als Samael, hatte kurzes blondes Haar und eine recht bullige Figur, breites Kreuz, schmale Hüfte und kräftige Arme. Eric sorgte jedoch sofort für ein Zurückweichen seines Gegenübers. Er war noch etwas größer als Sven und hatte die Figur eines Bodybuilders, dazu eine Glatze und ein grimmiges Gesicht. Wenn man die beiden das erste Mal zu Gesicht bekam, konnte man die Spannung in der Luft förmlich spüren. Samael hatte mit den beiden eine lange Zeit zusammengearbeitet und er wusste, dass der äußere Eindruck täuschte. Tatsächlich waren die beiden die nettesten Menschen, die er bei der Polizei kennengelernt hatte.

„Na Samael, was treibst du denn hier?"

Das Dröhnen von Svens rauchiger Stimme vibrierte in Samaels Kopf.

„Wonach sieht es denn aus? Ich war joggen, um den ganzen Mist zu vergessen, den ich mit euch in den letzten Jahren erlebt habe!"

Eric schüttelte den Kopf.

„Du glaubst doch nicht, dass du vor dir selbst

weglaufen kannst? Hast du schon einmal darüber nachgedacht, dass du dich immer mitnimmst, egal wohin du gehst und was du machst!"

Da war er wieder, Erics unerschütterlicher Glaube. Sein ehemaliger Kollege war davon überzeugt, dass alles und jeder im Universum seinen Platz und seine Aufgaben habe. Etwas genervt verdrehte Samael die Augen.

„Mag ja sein, aber ich habe den Job als Polizist aufgegeben, um nicht mehr über Leichen zu stolpern und jetzt das hier. Dann scheint mich auch noch der junge Polizist da vorne zu verdächtigen. Also macht voran, ich möchte nach Hause unter die Dusche."

Sven mischte sich ein.

„Samael, du weißt doch ganz genau, wie das hier jetzt abläuft. Als erstes nehmen wir dich mit aufs Revier und werden dich befragen. Dann warten wir die ersten Ergebnisse der Spurensicherung ab und erst, wenn alles in Ordnung ist und du nicht mehr in den näheren Kreis der Verdächtigen gehörst, kannst du wieder gehen."

Genervt verdrehte Samael die Augen.

„Na gut, dann lasst uns aufs Revier fahren."

Eric begleitete Samael zum Dienstfahrzeug.

„Glaubst du wirklich, dass dich das alles hier nicht mehr verfolgt, nur weil du den Job gewechselt hast? Du warst einer der besten Ermittler, denen ich je begegnet bin. Allein deine Fähigkeit...."

Samael schnitt Eric das Wort mit einer Geste ab.

„Genau das ist es Eric. Ich kann meine Fähigkeit

nicht mehr einsetzen, es ist einfach nicht mehr erträglich, den ganzen Schmerz zu spüren. Auch wenn ich dadurch einige Fälle aufgeklärt habe."

Eric lächelte. Dieses Gespräch hatten sie schon hundertfach geführt, bevor Samael die Polizei verlassen hatte. Eric mochte jedoch nicht aufgeben, seinem Freund zu helfen.

„Du kannst dich an mein Angebot erinnern. Ich kenne jemanden, der dir da helfen kann. Sie kennt sich mit Problemen deiner Art aus. Dein Psychologe, der kann dir da wahrscheinlich weniger helfen. Hast du ihm eigentlich schon erzählt, was dein Hauptproblem ist?"

Samael schüttelte den Kopf.

„Nein und du weißt auch genau warum. Jeder, der das hört, würde mich für verrückt halten und in die Psychiatrie einweisen lassen. Das möchte ich bestimmt nicht!"

Erics wissendes Lächeln nervte Samael, doch er hatte seinem Psychologen schon davon erzählt. Dieser hielt ihn wirklich für verrückt und wollte nicht glauben, was Samael ihm erzählt hatte. Er ließ sich aber davon überzeugen, dass Samael das glaubte und dadurch konnten sie weiter arbeiten. Mittlerweile mochte er seinen Psychologen Michael tatsächlich, auch wenn die Gespräche meistens nichts brachten, tat es gut, über alles zu reden, was Samael erlebt hatte. Gerade weil Michael kein Polizist war und wenig mit dieser Arbeit zu tun hatte, betrachtete er die Situationen von außen und viel nüchterner.

„Haben wir dich für verrückt erklärt?"

„Nein, habt ihr nicht!"

Samael wurde wütend. Er wusste, dass Eric ihm von Anfang an geglaubt hat. Aber Eric war nun mal auch ein besonderer Mensch. Die meisten, die er kannte, hielten nicht viel von Spiritualität oder Esoterik. Auch Sven hielt ihn anfangs für durchgeknallt, solange, bis die ersten Fälle mit seiner Hilfe aufgeklärt werden konnten. Natürlich hatten sich die Zeiten geändert, heutzutage konnte man öffentlich über Spiritualität und Esoterik sprechen, ohne für übergeschnappt gehalten zu werden. Seine Gabe war etwas Besonderes aber er mochte sie nicht. Das, was er in den letzten Jahren damit erlebt hatte, war zu zermürbend.

2

Samael wusste schon seitdem er ein kleiner Junge war, dass er eine besondere Gabe hatte. Das erste Mal aufgefallen war es ihm, als er knapp 10 Jahre alt und seine Oma gestorben war. Seine Eltern hielten nicht viel davon, dass Kinder vor solchen unangenehmen Sachen permanent geschützt werden. So kam es, dass er, nachdem seine Oma zu Hause gestorben war, mit all seinen Verwandten neben dem Bett stand. Jeder verabschiedete sich von ihr. Als Samael an der Reihe war, wusste er nicht, wie er sich verhalten sollte. Er berührte die Hand seiner Oma, die sich noch immer warm anfühlte. In diesem Moment durchflossen ihn eine Menge Bilder und Emotionen, die zu seiner Oma gehörten. Mit dabei war das Gefühl, in Ruhe und Gelassenheit, im engen Kreise der Familie gestorben zu sein.

Niemandem, noch nicht einmal seinen Eltern, erzählte er davon. Es sollte auch noch einige Jahre dauern, bis er erneut eine solche Erfahrung machte. Als sein Opa starb, war Samael 17 Jahre alt. Auch er verstarb zufrieden im Kreise der Familie und als Samael ihn berührte, spürte er sogar, wie glücklich sein Opa gewesen war. Seine letzten Erinnerungen teilte sein Großvater mit ihm. Darin sah Samael, wie seine Oma ihn abholte, um in eine andere Welt zu gehen.

Das waren die einzigen schönen Erinnerungen, die er an seine Gabe hatte. Wenige Jahre nach dem

Tod seines Opas war er Zeuge eines Überfalls, bei dem eine junge Mutter von einem Maskierten erstochen worden war. Samael versuchte der Frau zu helfen, doch es gelang ihm nicht. Die gerufene Polizei und Rettungsdienste konnten nicht mehr helfen. Der Täter, der unerkannt fliehen konnte, hatte durch Zufall oder mit Absicht, das war nicht zu klären, die Herzschlagader erwischt. Er hatte ihr das Messer zwischen die Rippen gestoßen und die Schlagader angeschnitten.

Es war das erste Mal, dass Samael einen Menschen in den Tod begleitete, der eines gewaltsamen Todes starb. Die Gefühle und Emotionen, die er von der jungen Frau aufnahm, machten ihn fast wahnsinnig. Er spürte den Schmerz und die Sorge um die Kinder und den Ehemann. Auch als der Arzt den Tod bestätigte, spürte er noch immer die verängstigte Seele des Opfers. Die Polizei sprach auf ihn ein, denn er hielt noch immer die Hand der Verstorbenen.

Diese Tat mitzuerleben, und die Tatsache, dass der Täter nie geschnappt worden war, regten ihn dazu an, Polizist zu werden. Während seiner Ausbildung merkte er schon, dass ihm seine Gabe unter bestimmten Umständen helfen konnte. So war es in einem Fall während der praktischen Ausbildung. Er wurde mit seinen anleitenden Polizeikollegen zu einer Beziehungstat gerufen. Am Tatort schien alles auf einen Raub hinzudeuten. In der Zeit, als seine Kollegen die Wohnung des Opfers durchsuchten, berührte er beiläufig die Hand der Frau. Sofort war ihm klar, dass ihr Partner in die gemeinsame Wohnung gestürmt war und mit ihr einen Streit angefangen hatte, der eskaliert war. In der Küche griff er nach einem Messer und erstach seine Freundin. Die letzten Eindrücke waren ein verwirrter Mann, der das Messer mitsamt dem Messerblocks mitnahm und die Wohnung verließ.

Samael stand auf und schaute sich in der Küche um. An der Stelle, an der der Messerblock gestanden hatte, war eine leichte Verfärbung zu sehen. Der Block hatte schon länger dort gestanden, wodurch die Arbeitsplatte rundherum ausgeblichen war. Er zeigte seine Beobachtung der Spurensicherung und war verwundert, als sich seine Vision bestätigte. Der Freund der jungen Frau wurde noch am selben Tag verhaftet. Den Messerblock fand man in seinem Auto. Von da an ging es mit seiner Karriere steil bergauf. Jeder seiner Fälle wurde gelöst. Von seiner Gabe erzählte er niemandem. Auf seiner letzten Dienststelle in Wittlich lernte er Sven und Eric kennen. Die beiden waren ihm von Anfang an sympathisch. Doch auch diesen beiden erzählte er nichts von seiner Besonderheit. Das war nun schon fast 10 Jahre her. Damals, mit Ende zwanzig, und im neuen Jahrtausend, fingen die Menschen erst an, aufmerksam auf Spiritualität zu werden. Es entwickelte sich eine neue spirituelle Freiheit, Hellsehern und Wunderheilern wurde eine wachsende Bedeutung zugeschrieben.

Eines Tages, sie untersuchten gerade den Mord an einem älteren Mann, da nutzte Samael erneut seine Kräfte. Täter war der Sohn und es war ein Leichtes, ihn zu überführen. Aber an diesem Tag rutschte Samael gegenüber Eric heraus, wo die Tatwaffe zu finden war. Eric war sofort klar, dass sein Kollege einen besonderen Spürsinn hatte. Er ließ nicht locker, bis Samael ihm von seiner Gabe erzählte. Samael war überrascht, denn anstatt in ungläubiges Gelächter zu verfallen, erklärte ihm Eric, dass er sich seit Jahren mit den Besonderheiten der Quantenphysik und der Spiritualität beschäftigte. Für ihn war es nicht verwunderlich, dass es Menschen mit besonderen Gaben gab.

Sven war zwar offen für Übernatürliches, aber so recht glauben konnte er es am Anfang dennoch nicht. Erst als sie selbst die schwierigsten Fälle gelöst bekamen, freundete er sich damit an. Nicht nur im Raum Wittlich, auch viele der angrenzenden Kriminalinspektionen riefen ihn zu Hilfe. Niemand ahnte wie er die Fälle löste und keiner wollte es wirklich wissen. Die Ereignisse fanden dann vor gut drei Jahren ihren Höhepunkt. Damals wurden er und seine Kollegen des Öfteren auch von Europol gerufen, um an diversen Tatorten mit zu ermitteln. In dieser Zeit hatte sich so etwas wie eine tiefe Freundschaft zwischen ihm und seinen Kollegen gebildet. Diese Fälle von internationalen Gewalttaten sorgten aber auch dafür, dass es Samael immer schlechter ging. Er war selten zu Hause und die Bilder der Opfer nahmen ihn immer mehr mit. Als Samael sich entschloss, dem Polizeiberuf den Rücken zu kehren, waren seine Kollegen für ihn da, auch als seine Frau ihn verließ. Das war alles schon ein Jahr her, sie hatten zwar noch Kontakt, aber in der Regel nur selten.

3

Jetzt wusste er, wie sich die Menschen gefühlt hatten, die er mit zur Befragung genommen hatte. Es war ein mieses Gefühl. Er saß in einem fensterlosen Raum und musste auf seine ehemaligen Kollegen warten. Nach gefühlten Stunden kam endlich Eric in den Raum.

„Nun Samael, du weißt, dass ich dich das fragen muss. Hast du die Frau vorher schon einmal gesehen?"

Samael schüttelte den Kopf.

„In Ordnung, noch haben wir nicht die Identität der Frau klären können. Durch die fehlende Kleidung gibt es keine persönlichen Gegenstände. Jetzt muss ich noch zu Protokoll nehmen, was du heute Morgen alles gemacht hast, dann kannst du gehen. Dein Glück, dass wir dich kennen, so dürfen wir dich direkt nach der Befragung gehen lassen. Du weißt, dass wir Verdächtige zumindest so lange in Gewahrsam halten, bis wir sicher sind, dass sie mit der Tat nichts zu tun haben oder wir sie wieder auf freien Fuß setzen müssen."

Jetzt nickte Samael, die Gepflogenheiten während solcher Befragungen waren ihm bekannt. Da er mit der Tat aber nichts zu tun hatte, machte er sich keine Sorgen.

„Gut, Eric, starte die Aufnahme."

Eric wartete gar nicht lange, sondern betätigte den Knopf seines Diktiergerätes.

„Heute Morgen bin ich um fünf Uhr in der Früh aufgestanden, das mache ich immer so, wenn ich Spätschicht habe. Ich machte mich fertig und so gegen halb sechs, Viertel vor sechs war ich unterwegs. Um diese Zeit sind meistens keine Spaziergänger unterwegs und ich kann die herrliche Ruhe genießen. Montags nehme ich meistens diese Strecke. Ich laufe dann durch die Stadt an der Lieser entlang und in den Wald hinein. Heute bin ich auf den Arm gestoßen, der aus dem Gebüsch ragte und habe direkt die Polizei angerufen. Von meiner Wohnung bis zu dieser Stelle brauche ich ca. 20 Minuten, angerufen habe ich um kurz nach sechs. Also habe ich ohne Verzögerung Meldung gemacht."

Eric nickte.

„Hast du versucht erste Hilfe zu leisten?"

Samael schüttelte erneut den Kopf.

„Du weißt, dass ich selbst über 15 Jahre bei der Polizei war. Auch wenn ich kein Arzt bin, konnte ich sehen, dass erste Hilfe da nicht mehr benötigt wurde."

Eric zog die Augenbrauen zusammen.

„Ich hoffe, dir ist klar, dass wenn der Gerichtsmediziner feststellen sollte, dass du ihr noch hättest helfen können, du mit einer Anklage wegen unterlassener Hilfeleistung rechnen musst."

Samael war das klar, er wusste aber, dass es nichts mehr zu helfen gegeben hatte. Zwar konnte er nichts spüren, solange er die Leiche nicht berührte, aber frisch verstorbenen Menschen haftete eine ungewöhnliche Aura an, und diese konnte er spüren!

Eric machte sich auf den Weg, um Samaels Aussage abtippen zu lassen. Noch bevor er den Raum verließ, hielt Samael ihn auf.

„Du glaubst doch nicht, dass ich der Täter bin, oder?"

„Nein! Das glaube ich nicht! Warte noch ein wenig, dann kann ich dich gehen lassen."

„Eric, ich muss heute Mittag um Viertel vor zwei auf der Arbeit sein! Versuche es zu beschleunigen."

Sein Freund und ehemaliger Kollege nickte und schloss die Tür.

Samael kam es wie Stunden vor. Jetzt begriff er, warum manche Befragten anfingen, nervös zu werden oder aggressiv. Diese Art des Wartens machte Einen verrückt. Er wusste ganz genau, dass er sich nichts zu Schulden hatte kommen lassen und wollte heute nicht zu spät zur Arbeit kommen. Heute war nämlich ein besonderer Tag! Er musste heute außerhalb des Geländes Grabungsarbeiten beaufsichtigen. Vor einigen Tagen hatte eine Firma für die Stadt neue Leitungen verlegt. Dabei hatte sie vermutlich eine Leitung zerstört, denn an dieser Stelle des Zauns funktionierten die Kameras nicht mehr.

Jetzt hoffte er, dass er hier schnell genug raus kam, damit er dieser Firma dabei zusehen konnte, wie sie ihren Fehler wieder behob. Aber die Zeit verging wie in Zeitlupe, er fühlte sich unwohl, auch wenn er nicht mehr fror, aber seine Laufbekleidung war immer noch ein wenig klamm und begann langsam zu muffeln.

Er schaute auf seine Uhr und stellte fest, dass ihn der Fund der Leiche schon fünf Stunden seines Lebens gekostet hatte. Damals, bei der Polizei, war für solche Wartezeiten wenigstens gut bezahlt worden. Jetzt lief ihm die Zeit weg, er dachte nur noch an die Dusche und daran, wie er schadenfroh der Firma beim Graben und Reparieren zuschauen durfte.

Endlich war es soweit Eric öffnete die Tür und ließ ihn seine Aussage unterschreiben.

„Wo ist Sven, den habe ich seitdem wir hier sind, nicht mehr gesehen?"

Eric lächelte.

„Du kennst ihn doch, der ist mit der Leiche zur Gerichtsmedizin gefahren. Er möchte so schnell wie möglich Ergebnisse haben und kann nicht warten. Eine Frage noch. Wie lange wirst du heute arbeiten?"

„Wahrscheinlich bis 22 Uhr. Wir haben da eine Firma, die Reparaturen an der Kameraanlage durchführen muss. Die können erst heute Mittag kommen, haben uns aber versprochen, bis zum Abend fertig zu sein. Warum fragst du?"

„Ich dachte, wir könnten uns noch treffen. Aber jetzt glaube ich, dass es besser wäre wir verlegen das aufs Wochenende!"

Samael nickte und freute sich.

„Gerne!"

Eric brachte Samael noch zur Tür.

„Gut, ich rufe dich wegen des Wochenendes an

und wenn es Ergebnisse gibt, die ich dir erzählen darf."

Sie gaben sich die Hand und verabschiedeten sich.

Erst als er vor der Tür war, fiel ihm auf, dass er in seinem Sport Outfit vor dem Revier stand und keine Fahrgelegenheit hatte, um nach Hause zu kommen.

„So eine Scheiße, jetzt kann ich auch noch nach Hause laufen!"

Einige Passanten, die vorbeikamen, sahen ihn erschrocken an. Samael lockerte sich etwas und lief die knapp zwei Kilometer nach Hause.

Dort angekommen duschte er sich und zog die Arbeitsuniform an. Schnell machte er sich noch etwas zu essen und ruhte sich kurz aus, bevor er zur Arbeit musste.

Da sein Tag heute schon so miserabel angefangen hatte, fuhr er mit dem Rad zur Arbeit. Normalerweise ging er zu Fuß, da er es nicht weit hatte. Frustriert und genervt vom Vormittag radelte er zu seiner Arbeitsstelle. Wie gewohnt verlief die Übergabe unspektakulär und ohne besondere Vorkommnisse. Samael trat seinen Dienst an und wartete auf die Baufirma.

4

Gegen halb drei erschien die Firma, Samael setzte sich zu Ihnen ins Fahrzeug und sie fuhren zu der betroffenen Stelle. Dort angekommen sah er, dass die Baufirma schon einige Fahrzeuge zu dem Ort gebracht hatte. Da Samaels Firma darauf bestanden hatte, dass erst gebaggert wurde, wenn einer ihrer Mitarbeiter vor Ort war, standen alle Gerätschaften noch still.

Sobald Samael ausgestiegen war, setzte sich der kleine Bagger in Bewegung und öffnete die Stelle, an der sie letzte Woche schon einmal gegraben hatten.

„Joachim Merz."

So stellte sich der kleine dickbäuchige Chef des Bauunternehmens vor.

„Ich hoffe, dass wir die Sache klären können!"

Samael stimmte ihm zu und starrte verdrießlich auf dessen kahlen Kopf und hoffte, dass dieser Kelch an ihm vorübergehen würde. Aber der Blick heute Mittag in den Spiegel sagte ihm, dass er die Gene seines Vaters geerbt hatte. Wenigstens etwas, dachte Samael, hatte ihm dieser alte Schluckspecht ohne Murren vererbt. Er schüttelte den Kopf, um den Gedanken los zu werden. Samael stand direkt neben dem Bagger, als dieser auf etwas traf, das laut splitternd zerbrach. Der Chef der Firma, der neben Samael stand, brüllte.

„Aufhören, um Himmels willen, aufhören! Irgendetwas hast du gerade getroffen."

Der Chef der Firma wirkte wie kurz vor einem Herzinfarkt. Sein Baggerfahrer hatte sofort die Schaufel zurückgezogen, als er merkte, dass er einen Gegenstand berührt hatte. Samael runzelte die Stirn, irgendetwas war hier nicht in Ordnung. Die Firma hatte hier bestimmt keine Holzkiste vergraben. Nach seiner Schätzung hatte der Bagger gerade mal zwanzig Zentimeter weggenommen.

Samael und noch einige der Arbeiter schauten sich die Stelle genauer an. Einer der Arbeiter hatte eine Schaufel dabei.

„Geben sie die mal her!"

Samael griff nach der Schaufel und befreite die Kiste. Der zersplitterte Deckel ließ noch nicht erahnen, was sie da gefunden hatten. Erst als Samael den oberen Bereich der Kiste freigelegt hatte, spürte er, dass es kein schöner Fund sein würde. Mit großer Vorsicht versuchte er den Deckel der Kiste mit Hilfe der Schaufel aufzuhebeln, dies gelang ihm aber nicht. An der Stelle, an welcher die Baggerschaufel den Deckel eingedrückt hatte, standen Splitter kreuz und quer in die Luft. Einen Einblick in die Kiste gab es aber immer noch nicht.

„Vergessen Sie das, die Kiste ist zugenagelt, die bekommen Sie so nicht auf."

Samael blickte den Bauarbeiter an.

„Und was sollen wir stattdessen machen?"

Der Bauarbeiter grinste, er hatte schon vier große Ösen Schrauben aus der Hosentasche geholt und eine Bohrmaschine in der Hand.

„Wir schrauben die hier in jede Ecke und ziehen die Kiste heraus. Ich gehe mal davon aus, dass wir die Kiste besser nicht weiter beschädigen sollten."

Samael nickte. Er fand die Idee gut, aber in seinem Kopf rotierten schon die Gedanken. Sollte er seinen Chef benachrichtigen oder sogar die Polizei rufen? Er wusste es einfach nicht. Der Chef der Baufirma war ihm da auch keine Hilfe. Dieser lief nur durch die Gegend und redete mit seinen Mitarbeitern. Samael entschloss sich zu warten.

Er sah den Männern zu, wie sie schnell vier Löcher in die Ecken bohrten und die Schrauben befestigten. Während dieser Zeit hatte der Baggerfahrer schon vier Ketten mit Haken an der Schaufel montiert, sodass sie die Kiste in wenigen Minuten an der Kette hatten. Aus dem Augenwinkel bemerkte er, dass Herr Merz auf ihn zukam.

„Ich habe mit allen Männern gesprochen, die auch da waren, als hier das letzte Mal gebaggert wurde. Jeder hat mir bestätigt, dass wir an der richtigen Stelle sind und sie keine Kiste hier vergraben haben. Also, was soll das? Wenn das nicht meine Jungs waren, dann halte ich es durchaus für möglich, dass wir gar nicht an der Störung schuld sind!"

Samael zuckte nur mit den Schultern. Steif beobachtete er, wie die Kiste aus dem Boden gehoben wurde. Es schauderte ihn, als ihm auffiel, dass die Kiste so groß war, dass darin ein Mensch bequem beerdigt werden konnte. Nach allem, was er heute schon erlebt hatte, fühlte er wieder diesen fürchterlichen Stress, der sich durch Bauchschmerzen, Schwindelanfälle und Schweißausbrüche bemerkbar machte. Plötzlich glaubte er zu wissen, was ihn erwarten würde, wenn die Männer die Kiste öffneten. Aber bevor er etwas sagen konnte, waren sie auch schon so weit und hatten zügig mit ein paar Stemmeisen den Deckel geöffnet. Ein Raunen ging durch die Gruppe der Bauarbeiter. Samael war klar, dass es für ihn zum Schlimmsten kommen konnte. Trotzdem trat er näher, sein Handy hatte er schon in der Hand und er wählte auch schon die Nummer der Kripo. Wenige Sekunden später meldete sich sein ehemaliger Kollege Eric am anderen Ende der Leitung.

„Was ist denn los, Samael, damit hätte ich jetzt nicht gerechnet, dass du so schnell anrufst."

„Eric, du weißt doch, wo ich zurzeit arbeite!"

Eric nickte am Telefon, obwohl er wusste, dass Samael ihn nicht sehen konnte.

„Natürlich, was ist denn los? Du hörst dich ja fürchterlich an!"

„Komm bitte her und bring die Leute von der Spurensicherung mit, ich habe schon wieder eine Leiche gefunden."

Eric runzelte die Stirn.

„Du findest mich mit einem Trupp Bauarbeiter auf der Rückseite der Firma, in der Nähe der Autobahn."

Bevor Eric noch was entgegnen konnte, hörte er, wie sich Jemand übergab. Wenige Sekunden später war das Gespräch abgebrochen. Sofort machte er sich auf, während er zum Auto ging, informierte er die notwendigen Kollegen und Sven darüber, was passiert war.

5

Kaum im Revier angekommen setzte sich Sven auch schon wieder ins Auto. Er wollte wissen, mit was er es hier zu tun hatte. Wahrscheinlich wurde die junge Frau schon von irgendjemandem vermisst. Seine Kollegen sahen sich in der Zwischenzeit alle Vermisstenanzeigen der Region an. Grausam, das war das einzige, an das Sven im Moment denken konnte. Er war rechtzeitig wieder im Wald gewesen, um den Mitarbeitern vom Bestattungsinstitut über die Schultern zu schauen. Was er sah, war nicht schön, auch wenn er es gewohnt war Tote zu sehen. Opfer von Gewaltverbrechen zu sehen bestürzte ihn immer wieder.

Sven vermutete, dass die junge Frau zwischen 20 und 25 Jahren alt war. Der Leichnam war blass und wirkte blutleer. Auf den ersten Blick war nicht zu erkennen, was mit ihr geschehen war. Die Bestatter hoben den Leichnam vorsichtig auf die Bare. Verdutzt sahen sie sich an. Sven merkte sofort, dass etwas nicht stimmte.

„Was ist los? Ist irgendetwas nicht so, wie es sein sollte?"

„Ja, irgendetwas stimmt hier gar nicht. Die Leiche ist viel zu leicht!"

Jörg, einer der Bestatter, den Sven auch privat kannte, sah die Frau verdutzt an.

„Nun sag schon Jörg, was glaubst du ist mit ihr

los?"

Der Bestatter sah Sven fragend an.

„Sag mal Sven, sehe ich so aus, als könnte ich in das Innere eines Menschen schauen? Wenn ich das könnte, wäre ich bestimmt Arzt geworden!"

Sven wusste, warum Jörg so gereizt war. Letzte Woche hatte er erfahren, dass seine Frau ihm fremd ging und dass seine Tochter wahrscheinlich doch nicht seine war. Für Sven war das nicht überraschend gekommen. Schon früher war ihm aufgefallen, dass Sonja, Jörgs Frau, die Hände nicht von anderen lassen konnte. Doch hatte er gedacht, dass es bei lockeren Berührungen blieb.

„Ist ja schon gut. Ich werde gleich nachkommen. Zuerst möchte ich mit dem Arzt reden, der diese Leiche untersucht."

Jörg nickte. Er wusste, dass Sven sich nicht aufhalten ließ.

Wenige Minuten später fuhren Bestatter los, dicht gefolgt von Sven in seinem Dienstwagen. "Schon eigenartig," dachte Sven, "wenn die Leute wüssten, dass sie mit einer Toten ins Krankenhaus fahren, würden sie sie bestimmt für bescheuert halten." Aber, da war nun mal die Leichenhalle und mindestens ein Arzt, der den Leichnam untersuchen würde.

Als Sven sah, wer der Arzt war, der die Leichenschau vornehmen würde, trat ihm tatsächlich ein kleines Schmunzeln ins Gesicht. Es war nicht ungewöhnlich, dass sich Ärzte, Sanitäter, Leichenbestatter und Polizisten kannten. Immerhin traf man sich ja öfter, meist bei so unangenehmen Sachen, wie dieser hier.

Atanasios Papadopulus, war ein Arzt in Svens Alter, und sie kannten sich schon aus der Schule. Seine Eltern waren damals die ersten, die in Wittlich ein griechisches Restaurant eröffnet hatten.

„Hallo, Tanos."

Das war Atanasios Spitzname.

„Oh, hallo Sven. Mal wieder 'ne Leiche gebracht?"

Sven war diesen makabren Spaß gewöhnt, fast alle Ärzte waren so drauf.

„Ja, wurde heute Morgen im Wald bei der alten römischen Villa gefunden. Kannst du schon etwas sagen?"

„Eh, nein, Ihr seid doch gerade erst hier angekommen. Wenn du möchtest, kannst du ja dabei bleiben."

Sven sah das amüsierte Lächeln im Gesicht des Mediziners, dieser wusste ganz genau, dass er nicht dabei bleiben würde. Auch Tanos wusste das Sven ihn aufziehen wollte, das Problem war, dass es viele seiner Kollegen gab, die sich für Götter in Weiß hielten. Und das zeigte sie auch.

„Ich warte vor der Tür."

Sven hatte das Gefühl, dass er den ganzen Tag hier gesessen hatte und in diversen Zeitschriften geblättert hatte, als Tanos aus dem Autopsie Raum trat. Er hatte das ungute Gefühl, dass es sich hier um eine besonders Grausame Tat handelt. Deswegen wartete er hier, er wollte sofort die Ergebnisse haben.

„Und was hast du gefunden?"

Tanos sah ihn an.

„Es ist viel interessanter, was ich nicht gefunden habe. Also, die junge Frau wurde ausgeweidet."

Sven sah ihn verblüfft an.

„Wie kann das sein? Es waren keine Schnittwunden zu sehen, keine geöffneten Stellen."

Tanos nickte.

„Ja, wenn du sie dir angeschaut hast, als ihr sie gefunden habt, hast du wahrscheinlich gar nichts gesehen. Am Anfang war ich auch etwas irritiert. Nachdem ich die Notizen der Bestatter gelesen hatte, dachte ich erst, dass die sich vertan haben. Erst nachdem ich den Leichnam gewogen habe, stellte ich fest, dass sie wirklich zu leicht für ihre Körpergröße war. Also lange Rede kurzer Sinn, sie wurde durch ihr Geschlechtsorgan ausgeweidet."

Sven sah Tanos an.

„Das ist nicht dein Ernst!"

„Leider doch! Wer auch immer das getan hat, scheint einen Faible für besondere Tötungsarten zu haben."

Svens Blick wurde ernst.

„Willst du damit sagen, dass sie noch gelebt hat, als ihr das angetan wurde?"

„Sicher bin ich mir nicht, da wir keine Organe und kein Blut haben, haben wir versucht aus dem Muskelgewebe eine Tox-Analyse zu machen. Diese hat ergeben, dass die Frau mit Suxamethonium relaxiert wurde und später mit jeder Menge Chlor gereinigt worden ist. Ansonsten haben wir keine Stoffe gefunden, die nicht in den Körper eines jungen Menschen gehören. Das heißt, wer auch immer das war, kennt sich im medizinischen Bereich etwas aus. Sein Opfer konnte sich nicht wehren, hat aber alles mitbekommen, was ihr angetan worden ist. Es ist echt grausam. Hoffen wir, dass sich der hohe Blutverlust schnell auf ihr Bewusstsein ausgewirkt hat. Wir habe ansonsten wirklich nichts gefunden, keine verwertbaren Spuren. Es ist schon verwunderlich, Suxamethonium lässt sich nur kurz im Körper nachweisen. Es verflüchtigt sich sehr schnell aus dem Körper. Wahrscheinlich war das Opfer so schnell blutleer, dass sich einige Rückstände nicht mehr abbauen konnten."

Sven zuckte mit den Schultern und schüttelte sich.

„Ok, das war sogar für mich zu viel. Ich fahre jetzt am besten wieder."

Im Revier angekommen, hörte er noch Eric, wie er etwas in sein Telefon rief.

„Was ist los?"

Eric zuckte zusammen.

„Ach, du bist es, komm wir müssen los. Es gibt eine neue Leiche. Und rate mal, wer sie gefunden hat? Samael."

Wie angewurzelt blieb Sven stehen.

„Du machst Witze oder? Das kann nicht dein Ernst sein? Das macht ihn zu unserem Hauptverdächtigen."

Eric nickte.

„Ich weiß, glaube aber nicht daran."

6

Samael stand zitternd in einiger Entfernung zur Kiste. Unzählige Gedanken gingen ihm durch den Kopf. "Warum hatte er innerhalb weniger Stunden zwei Leichen gefunden? Wie sah das für die Polizei aus? Er musste unbedingt mit seinem Therapeuten sprechen! So wie er sich jetzt fühlte, konnte er das nicht mehr auf die lange Bank schieben. Genau das war doch der Grund, warum er die Polizei verlassen hatte. Er wollte keine Leichen mehr sehen.

Für Samael dauerte es gefühlte Stunden bis die Polizei eintraf. Als erstes sah er Eric und Sven und war froh darüber.

Eric merkte sofort, dass mit Samael etwas nicht stimmte. Er war sich sicher, dass Samael nichts mit der ganzen Sache zu tun hatte. Doch irgendetwas an der Situation war eigenartig. Ohne lange zu warten, fing Sven mit der Befragung der Bauarbeiter an.

„Wurde irgendetwas verändert, seitdem ihr die Kiste geöffnet habt?"

Herr Merz nahm sich der Sache an.

„Also hören Sie zu. Wir waren gerade dabei, ein Loch zu graben, um ein defektes Kabel zu reparieren, als wir auf diese Kiste gestoßen sind. Meine Leute haben sie dann geöffnet und fanden das."

Er deutete mit seinem Finger in die Kiste. Während Sven alles begutachtete sperrte die Spurensicherung, den Bereich großräumig ab. Alle Bauarbeiter, deren Chef, sowie Samael mussten außerhalb des abgesperrten Bereiches warten, bis sie vernommen wurden. Dies übernahmen jetzt neu eingetroffene Polizisten. Währenddessen spürte Sven, dass sie ein großes Problem hatten. Er zog Eric zur Seite.

„Und, kann Samael etwas sagen? Oder ist er bereit, die Leichen zu berühren? Vielleicht wissen wir dann mehr?"

Eric schüttelte den Kopf.

„Vergiss es, der ist total durch den Wind. Ich glaube, um den zu vernehmen, müssen wir seinen Psychologen dazu holen. Was hast du bisher entdeckt?"

„Also, sicher bin ich mir nicht, aber so wie es aussieht, hat die junge Dame noch gelebt, als sie in der Kiste eingeschlossen worden ist. Wahrscheinlich ist sie lebendig begraben worden. Ihre Fingernägel sind blutig und die Innenseite der Kiste weist jede Menge Kratzspuren auf."

Sven schüttelte schaudernd den Kopf.

„Das ist echt widerwärtig, wer macht denn so etwas?"

Eric zuckte mit den Schultern.

„Ich glaube, dass wir bisher nur die Spitze des Eisberges sehen. Was sollen wir machen? Die Situation ist wirklich nicht gut. Wir wissen nichts, wirklich nichts. Das ist deprimierend. Was hast du in der Pathologie herausbekommen?"

Da die Fahrt zum neuen Tatort nur sehr wenig Zeit in Anspruch genommen hat, hatten sie noch nicht darüber gesprochen. Sven schüttelte sich erneut.

„Das ist genauso pervers."

Die Befragungen der Bauarbeiter dauerte einige Zeit. Während dessen fühlte sich Samael immer unwohler. Nun glaubte er, dass es kein Zufall mehr sein konnte. Er fragte sich, was hier gerade ablief. Seine Beweggründe, die Polizei zu verlassen, schienen sich gerade in Luft aufzulösen. So langsam begriff er, was Eric damit meinte, wenn er sagte, niemand könne seinem Schicksal davonlaufen.

Samael beobachtete die Spurensicherung bei der Arbeit. Stets war ihm dabei bewusst, dass ihn die zusätzlichen Polizeibeamten, die eingetroffen waren, nicht aus den Augen ließen. Das Gewimmel auf dem Gelände war zugleich spannend wie beängstigend. Überall wimmelte es von Polizisten. Wenn Samael das richtig sah, waren auch einige Polizisten der Bereitschaftspolizei vor Ort. Ihm war klar, dass aufgrund der vielen Personen, die am Fundort waren, die Polizei umso vorsichtiger war. Auch war ihm bekannt, dass bei solchen Taten der Täter nie weit weg war. Oft genug war er ja selbst der ermittelnde Beamte gewesen und wusste, dass sich solche Täter an der Hilflosigkeit der Polizei weideten.

Erschrocken schaute er sich um, aber außer den Polizisten und den Mitarbeitern der Baufirma waren nur noch sein Sicherheitschef sowie der Firmenchef anwesend. Auch wenn von der Autobahn und der Landstraße die riesige Menschenansammlung mit den Streifenwagen und Rettungswagen zu sehen sein musste, waren noch keine Neugierigen aufgetaucht.

„Was ist los, Samael?"

Samael zuckte zusammen. Er hatte nicht gemerkt, dass Eric hinter ihn getreten war.

„Findest du es nicht auch eigenartig, dass noch keine Neugierigen und vor allem noch keine Presse da sind?"

Eric lächelte.

„Wir haben nach deinem Anruf direkt die Bereitschaftspolizei alarmiert, die diesen Bereich großräumig abgesperrt hat. Selbst wenn jemand hierhin möchte, wird er es nicht können."

Nun runzelte Samael die Stirn.

„Du weißt, dass es sein könnte, dass der Täter das alles hier beobachtet und wenn er nicht wegkommt, dann müsste er doch zu finden sein. Oder glaubst du jetzt auch, dass ich der Täter bin?"

Eric schüttelte den Kopf.

„Natürlich nicht. Ich kenne dich schon lange genug, um zu wissen, dass du zu so einer Tat nicht fähig bist. Eigenartig ist es aber trotzdem. Mach dir aber mal keinen Kopf. Ich habe vorhin mit dem Ausbilder in der Polizeischule gesprochen. Gleich wird eine Schulklasse das Gelände absuchen. Er glaubt zwar nicht an meine These, dass der Täter uns von einem sicheren Punkt aus beobachtet, ist aber der Meinung, dass es für seine Schüler eine gute Übung sei."

Diese Informationen beruhigten Samael etwas.

„Wann glaubst du, kann ich mit meinem Psychologen sprechen?"

Eric holte sein Handy aus der Tasche.

„Wenn du mir die Nummer gibst, relativ zügig, würde ich sagen. Deinem Chef haben wir schon gesagt, dass du mit auf das Revier musst und mit Sicherheit heute nicht mehr zur Arbeit kommst."

Entmutigt schaute Samael Eric an.

„Ist das wirklich notwendig? Nachher denken die noch, ich habe wirklich etwas damit zu tun."

„Du weißt ganz genau, dass das notwendig ist. Auch wenn du es nicht wahrhaben möchtest. Du bist jetzt erst mal der Hauptverdächtige."

Samael sah Eric an, dass er von seiner Unschuld überzeugt war, doch dies half ihm nichts. Sie mussten dem Protokoll, folgen und wenn eine Person innerhalb kurzer Zeit zwei Tote fand, dann war das schon außergewöhnlich.

Von weitem beobachtete Samael die Polizeischüler. Sie durchsuchten das umliegende Gelände und wie Samael schon nach wenigen Minuten beobachten konnte, fehlte ihnen tatsächlich noch etwas Übung. Nicht nur, dass sie laut waren, auch die Unordnung der ganzen Truppe war zu sehen. Samael wusste sofort, dass diese Suche rein gar nichts bringen würde. Selbst wenn der Täter in der Nähe war, so war er sicherlich beim Eintreffen dieser Küken verschwunden.

7

Nachdem alle Bauarbeiter befragt und die Leiche abtransportiert war, wiederholte sich das gleiche Spiel des Vormittags. Samael musste erneut aufs Revier. Alle anderen Personen die an dem Leichenfund beteiligt waren, durften wieder nach Hause fahren. Die Polizei hatte alle Personalien aufgenommen und den Chef der Baufirma nach der Zugehörigkeit der einzelnen Arbeiter gefragt. Ausnahmslos alle waren schon seit Jahren in der Firma beschäftigt und hatten einen sauberen Leumund. Auch Samael hatte diesen, aber da er an diesem Tag zum zweiten Mal eine Leiche gestoßen war, hatte die Polizei noch ein paar Fragen an ihn.

Dort angekommen, musste er wieder lange warten. Aber diesmal wusste er, dass er so schnell nicht hier wegkommen würde. Der einzige Trost war sein Psychologe. Dieser war bestimmt schon auf dem Weg ins Polizeirevier. Er war sicher, dass er direkt zu ihm gebracht werden würde.

Samaels Nerven waren völlig überlastet, als die Tür aufging und Eric seinen Psychologen hinein ließ.

„Hallo Samael, wie geht es dir?"

Bevor Eric die Tür schloss, bemerkte Samael noch, wie dieser die Augen verdrehte. Er wusste, dass Eric nicht viel von Psychologen hielt, doch dies war ihm egal. Samael war einfach froh über Michaels Erscheinen.

„Wie ich gehört habe, war dein Tag heute schon

sehr aufregend!"

Da Samael schon seit über einem Jahr in Behandlung war und die Behandlung einfacher war, wenn eine gewisse Vertrautheit entstanden war, sprachen sich die beiden mit Vornamen an.

„Und wie Michael! Du weißt, ich habe den Polizeiberuf an den Nagel gehängt, weil ich keine Toten mehr sehen wollte. Ausgerechnet heute muss ich dann gleich zwei finden. Die Polizei denkt jetzt, dass ich damit etwas zu tun habe und ich bin völlig am Ende."

Samael merkte gar nicht, wie die Zeit verging. Ihm war stets bewusst, dass er im Gespräch mit seinem Psychologen abgehört werden konnte, auch wenn es nicht legal war, da das Gespräch unter die ärztliche Schweigepflicht fiel. Vor Gericht würde davon nichts verwendbar sein. Es machte ihm aber auch nichts aus, er nichts zu erzählen hatte, was ihn belastete.

Nach mehreren Stunden wurde Michael wieder abgeholt und aus dem Polizeirevier geführt. Eric kam wenige Minuten später zu Samael und setzte sich ihm gegenüber.

„So, wir haben ein Problem. Die Autopsie Berichte sind da. Für keinen der Todeszeitpunkte hast du ein Alibi."

„Wie kommst du darauf? Du hast mich doch noch gar nicht befragt!"

Eric zog die Stirn kraus.

„Ganz einfach, ich kenne dich gut genug. Wenn

ich dich jetzt Frage, wo du am Freitagabend gegen Mitternacht warst, wirst du mir sagen, dass du im Bett gelegen und geschlafen hast, oder?"

Samael nickte.

„Und gestern Abend, so um 20.00 Uhr, da warst du bestimmt auch zu Hause und hast es dir gerade vor dem Fernseher gemütlich gemacht. Habe ich recht?"

Samael nickte erneut. So langsam glaubte er, dass er den Rest seines Lebens hinter Gittern verbringen würde. Nun fragte er sich, ob er in all seinen Jahren bei der Polizei auch schon mal den Fehler gemacht hatte. Hatte er vielleicht auch einmal sein inneres Gefühl missachtet, nur weil er wollte, dass ein Verdächtiger schuldig war. War das die Strafe dafür?

Eric beobachtete Samael sehr genau.

„Gut, Samael, wie ich dir ja schon gesagt habe, kenne ich dich sehr gut. Ich glaube nicht, dass du fähig bist, ein solches Verbrechen zu begehen. Dies habe ich dir heute schon einmal gesagt. Auch meinen Vorgesetzten, du kennst ihn ja, habe ich davon überzeugen können. Er möchte, deine Hilfe. Vorerst bist du ein freier Mensch. Wir werden dich aber morgen oder übermorgen brauchen. Dein Psychologe hat dich für diese Woche krankgeschrieben. Du wirst also für uns auf Standby stehen. Sobald wir dich brauchen, kommst du oder besser gesagt wir holen dich ab."

Samaels Erleichterung war ihm anscheinend ins Gesicht geschrieben.

„Eins sollte ich dir vielleicht noch sagen, solltest du in den nächsten Stunden noch eine Leiche finden, können wir dir nicht mehr helfen."

Es sollte eigentlich ein Scherz sein, aber Samael konnte darüber nicht lachen. Als er das Präsidium verließ, war es schon kurz vor Mitternacht. Mal wieder hatte man ihn einfach vor die Tür gesetzt. Sein Fahrrad stand noch bei der Firma. Er wollte es auch nicht dort stehen lassen, also machte er sich auf den Weg dorthin. Es dauerte fast eine halbe Stunde bis er an dem Wachhäuschen der Firma angekommen war. In einem nur von außen begehbaren Anbau stand sein Fahrrad. Gerade als er es aus dem Anbau schob, kam ihm einer seiner Kollegen entgegen.

„Ah Samael, du bist es! Ich habe mich schon gefragt, wer um diese Uhrzeit hier noch rumgeistert. Habe gehört, dass du heute ganz schön viel Mist erlebt hast."

Erst war Samael zusammengezuckt, doch jetzt nickte er.

„Da hast du wohl Recht. Ich bin froh, wenn ich zu Hause bin."

„Na dann, verfahr dich nicht, sind ja kaum Leute unterwegs, die du fragen könntest."

Samaels Kollege wollte ihn nur aufmuntern, aber der Spruch kam gar nicht an. Im Gegenteil, Samael war richtig genervt. Er schob das Fahrrad an und sprang auf. So schnell er konnte radelte er die Straßen entlang. Ein lautes Quietschen hinter ihm ließ ihn zusammenzucken und fast vom Fahrrad fallen.

Er drehte den Kopf und sah, dass ein Auto auf ihn zukam. Samael trat in die Pedale, so schnell er konnte, aber das Auto kam schnell näher. Im letzten Moment sprang er vom Rad und brachte sich hinter einer Mauer in Sicherheit.

Erschrocken hörte er, wie das Auto in die Mauer raste. Das Metall knirschte und auch wenn er sich nicht ganz sicher war, glaubte er zu hören, wie sein Fahrrad zermahlen wurde. Es dauerte etwas, bis Samael sich wieder traute, sich zu bewegen. Nach dem dumpfen Aufprall war es ruhig geblieben. Kein Anwohner schien den Lärm gehört zu haben und so wie es sich angehört hatte, war das Auto nicht weiter gefahren.

Er nahm einen üblen Geruch in der Luft war. Mehrfach schnupperte er, um herauszufinden, wonach es roch. Mit einem Mal war ihm klar, dass das Auto nicht weiter fahren konnte, da es so stark beschädigt war, dass es anfing zu brennen. Rasch stand Samael auf, um über die Mauer zu sehen. Tatsächlich, das Auto war fast bis zur Windschutzscheibe eingedrückt und es fing Feuer. Erst jetzt sah er, dass im Auto sich etwas bewegte. Auf dem Fahrersitz saß eine Person, die gerade wieder zu sich kam. Samael konnte die Situation nur beobachten. Wie gelähmt stand er da und sah, wie das Auto immer stärker brannte. Erst als die Frau im Auto zu schreien anfing, erwachte er aus der Starre. Er nahm an, dass es eine Frau war, so hörte sich jedenfalls der Schrei an.

Schnell versuchte er die Fahrertür zu öffnen, aber

diese klemmte. Noch waren die Flammen nur auf der Beifahrerseite und außerhalb des Autos. Es konnte aber nicht mehr lange dauern, bis auch der Innenraum Feuer fing. Auch die hintere Tür war zu, Samael hatte das Gefühl, dass die Türen verriegelt waren. Er nahm seinen Mut zusammen und versuchte die hintere Scheibe auf der Fahrerseite einzuschlagen. Seine Faust krachte auf das Fenster und Samael jaulte vor Schmerz auf. Die Scheibe hatte noch nicht mal einen Knacks. In dieser Sekunde explodierte etwas im Inneren des Autos. Wenige Sekunden später stand der Wagen komplett in Flammen. Die Hitze hatte Samael zurückgedrängt.

Von weitem vernahm Samael ein Martinshorn. So wie es aussah, hatte doch jemand den Unfall mitbekommen und die Feuerwehr gerufen. Zum Glück, dachte Samael, das war ihm gar nicht eingefallen.

8

Mit der Feuerwehr kam auch die Polizei. Wie es der Zufall so wollte, war der Polizist, der morgens schon im Wald gewesen war heute noch zur Nachtschicht eingeteilt. Sofort als er Samael sah, rief er Verstärkung. Der junge Polizist und sein Kollege waren sehr gut aufeinander eingestimmt, denn er brauchte seinem Partner nichts zu sagen. Der Blickkontakt und das Berühren der Waffe reichten aus, um ihn auf Samael aufmerksam zu machen.

Samael wusste, was der Polizist dachte. Es war mehr als unwahrscheinlich, an einem Tag drei Leichen zu finden und nichts mit der Sache zu tun zu haben. Aber spätestens jetzt fragte sich Samael, was hier los war. Er war lang genug Polizist gewesen, um zu wissen, dass das hier nichts mehr mit Zufall zu tun hatte. Damit die jungen Polizisten nicht aus Versehen zuckten und ihn erschossen, hob er langsam die Arme, wobei er sich direkt auf die Knie begab. Zum Glück stand er weit genug vom Auto weg. Die Hitze, die es ausstrahlte und der Löschschaum, den die Feuerwehr verwendete, hatten ihm wohl ganz schön zugesetzt.

„Ich bin unbewaffnet und habe nicht vor mich zu widersetzen!"

Während der Partner des jungen Polizisten die Situation sicherte, führte der andere Samaels Hände auf dem Rücken zusammen und fesselte ihn. Nachdem der Polizist ihm seine Rechte vorgebetet hatte, führte er ihn zum Streifenwagen. Für Samael war die ganze Aktion peinlich. So waren doch mittlerweile eine Menge Schaulustige aufgetaucht und verfolgten das Schauspiel. Keinem entging, dass die Feuerwehr das Auto gelöscht hatte und nun versuchte es zu öffnen. Auch diese bekamen die Türen nicht auf. Sie setzten nun schweres Gerät ein, um die Tür zu öffnen. Samael konnte vom hinteren Sitz des Streifenwagens alles gut beobachten. Nachdem die Feuerwehr erfolglos versucht hatte mit, einem Spreizer die Tür zu öffnen, flexten sie kurzerhand das Dach ab. Ein gespenstiges Raunen ging durch die Menge, die von der Polizei kaum im Zaum gehalten werden konnte. Die Frau auf dem Fahrersitz gab noch Geräusche von sich. Sichtlich schockiert fingen die Rettungsdienste fieberhaft an, nach einer Möglichkeit zu suchen, die Frau aus dem Auto zu befreien. Der Notarzt, der mit Sicherheit einiges gewohnt war, versuchte mit Tränen in den Augen eine Stelle zu finden, an dem er einen Zugang legen konnte. Der Körper der Frau war stark angebrannt und Samael konnte sehen, dass sie den Mund bewegte. Er schüttelte sich. Wo war er nur hineingeraten?

Samael hatte das Gefühl, dass eine Ewigkeit vergangen war, bis die Unfallstelle aufgeräumt war. Die verbrannte Frau wurde mit dem Rettungshubschrauber in die nächste Klinik für Verbrennungsopfer geflogen. Das Auto wurde auf einen Abschleppwagen gezogen und fortgebracht. Jetzt war nur noch die Feuerwehr am Aufräumen, während die Polizei die Absperrung auflöste. Erst jetzt wurde Samael klar, dass die Polizisten, die ihn festgenommen hatten, einen großen Fehler gemacht hatten. Er hätte gar nicht mehr hier im Auto sitzen dürfen. Eigentlich hätte er auf das Revier gebracht werden müssen. Seine Gedanken rasten von einer Erkenntnis zur nächsten Frage und wieder zurück. Sobald er das Gefühl hatte, dass er der Lösung näher kam, wurde ihm klar, dass er nicht in die richtige Richtung dachte.

Was war hier heute passiert? Warum hatte er zwei Leichen gefunden und eine Frau gesehen, die vor seinen Augen verbrannte? War er wirklich nur zufällig dazu gekommen? Oder hatte er doch irgendetwas damit zu tun? Hatte er vielleicht psychische Störungen? Wann konnte er wieder mit seinem Psychologen sprechen?

Auf alle diese Fragen hatte er keine Antwort. Auch wenn er permanent darüber nachdachte, konnte er sich nicht erklären, was heute passiert war. Er bekam nicht einmal mit, dass die Polizisten endlich in den Streifenwagen gestiegen waren und ihn zur Wache brachten. Vor der Wache stand Sven. Er sah wütend aus. Sein blonder, mit einem Kurzhaarschnitt versehener Kopf sah aus wie das Rot an einer Ampel. Kaum war die Tür offen, ging die Schimpftirade los.

„Was fällt euch eigentlich ein? Habt ihr noch alle Tassen im Schrank? Habt ihr während eurer Ausbildung geschlafen? Warum bringt ihr ihn erst jetzt?

Umgehend hätte er hergebracht werden müssen! Wahrscheinlich habt ihr ihn auch noch im Auto sitzen lassen, ohne dass einer von euch dabei gesessen hat!"

Mit gesenkten Köpfen übergaben die Polizisten Samael an Sven. Ehe er noch etwas sagen konnte, machten sich die beiden aus dem Staub.

„Wirst du gegen die beiden ein Disziplinarverfahren einleiten?"

Sven schüttelte den Kopf.

„Aber sobald wir diese Sache hinter uns haben, werde ich mir die beiden vornehmen und mit ihnen nochmal eine Schulung machen wie mit Verdächtigen umzugehen ist."

Samael stockte. Er hatte noch die Handschellen an, aber das Gebäude hatten sie noch nicht betreten.

„Glaubst du wirklich, dass ich das war?"

Erneut schüttelte Sven den Kopf.

„Blödsinn, ich kenne dich schon so viele Jahre. Wenn ich eins weiß, dann dass du zu so etwas nicht fähig bist. Ich kann mich noch ganz genau an unseren letzten Fall erinnern, an das kleine Mädchen, das wir im Krankenhaus Bitburg aufgesucht haben, kurz bevor es starb. Dir fügt das Leid sterbender Menschen selbst Leid zu. Wieso das so ist, verstehe ich zwar nicht, aber ich habe es gesehen. Du bist damals daran zerbrochen."

Nachdem Sven mit seinem Vortrag geendet hatte, gingen die beiden in das Dienstgebäude. Während sie durch die Flure gingen, hing Samael seinen Gedanken nach. Ja, das Mädchen. Jetzt erinnerte er sich daran. Vor knapp zwei Jahren war ein 6-jähriges Mädchen in der Nähe von Bitburg verschwunden. Fast ein Jahr wurde nach dem Kind gesucht. Die angrenzenden Wälder und Gemeinden wurden systematisch durchforstet. Aber erst vor einem guten Jahr war es dann gefunden worden. Stark unterernährt, misshandelt und missbraucht hatte ein Waldarbeiter das Kind in einem ehemaligen Bunker gefunden. Warum bei der Suche zuvor niemand auf den Bunker aufmerksam geworden war, konnte Samael damals schon nicht verstehen. Den Täter hatten sie dann später unweit des Bunkers in einem Ferienhaus im Wald gefunden. Während der ersten Suche hatte er sich allem Anschein nach gut versteckt. Auch diesmal hatte Samael nur die Kleine berühren müssen, um zu sehen, was ihr geschehen war. Das war zu viel für ihn. Danach hatte er seinen Job an den Nagel gehängt.

Wie Samael es erwartet hatte, war hier rege Betriebsamkeit. Egal wo er hinsah, waren seine ehemaligen Kollegen am Rotieren. Jeder, der ihn sah, wirkte betroffen und mitleidig.

„Sag mal, Sven, wer außer dir und Eric glaubt eigentlich noch an meine Unschuld?"

Sven zog die Augenbrauen zusammen.

„Eigentlich alle, aber wie es halt so ist, bleibt immer der fade Beigeschmack bei solchen Geschichten zurück. Jeder, der hier ist, wünscht sich, dass du unschuldig bist. Deshalb wird mit Hochdruck nach

Spuren gesucht. Selbst das Auto, das noch nicht einmal richtig kalt ist, wird schon von unseren Spezialisten untersucht. Da vorne, im Büro unseres Dienststellenleiters erwartet man dich schon. Du bekommst die Handschellen abgenommen und einen Kaffee. Wir haben eine SoKo zusammengestellt, die sich nur um diesen Fall kümmert. Damit der normale Dienst noch weiter gehen kann, haben wir um Amtshilfe bei den umliegenden Kriminaldirektionen gebeten. Also, du siehst, die meisten sind von deiner Unschuld überzeugt. Wir müssen uns aber jetzt beeilen. Sonst wird es schwierig, dich frei rumlaufen zu lassen."

Samael folgte Sven verdutzt ins Büro des Dienststellenleiters.

Björn Pastken wartete auf sie.

„Nun, Sven, warum hat das so lange gedauert?"

„Wie ich schon gesagt habe Chef. Die Polizisten haben Fehler gemacht. Ich werde sie mir demnächst vornehmen."

Björn wusste, dass Sven das machen würde, und dass diesen jungen Polizisten in Zukunft ein solcher Fehler nicht mehr passieren würde.

"Hallo Samael, ich falle gleich mal mit der Tür ins Haus. Du weißt ganz genau, dass der Finder von Mordopfern gründlich unter die Lupe genommen werden muss. Vor allem, wenn er zwei findet und noch ein Opfer, das wahrscheinlich in Kürze dem Weg der anderen folgen wird."

Samael nickte, er wusste, dass sein ehemaliger

Chef einer von den Gnadenlosen war. Für ihn gab es keine Barmherzigkeit. Auch so etwas wie übersinnliche Kräfte war für ihn Humbug. Trotzdem war er immer fasziniert gewesen, wie Samael seine Fälle gelöst hatte.

Björn glaubte auch nicht, dass Samael schuldig war. Auch wenn die Situation verfahren war, wollte er erst einmal glauben, dass er mit seiner Hilfe den Fall lösen konnte.

"Wie dir sicher bewusst ist, müssen wir so schnell wie möglich rausbekommen was hier los ist. Sobald die Presse davon Wind bekommt, wird´s unangenehm. Bist du bereit, uns zu helfen oder hast du das Gefühl, dass du es nicht schaffen wirst?"

Samael musste darüber nachdenken. Alles was in den letzten 24 Stunden geschehen war, war so absurd, dass er nicht wusste, was er machen sollte. Aber eines wurde ihm langsam bewusst. Entweder er Biss in den sauren Apfel und half seinen Ex-Kollegen oder aber die Spuren würden weiterhin auf ihn deuten.

"In Ordnung, aber wie kann ich denn helfen?"

Er wusste genau, wie er helfen konnte, wollte es aber von Björn hören. Immerhin war er einer der Menschen, die nur glaubten, was sie sahen. So etwas wie Gefühle waren ihm fremd.

"Na ja, du weißt schon, mit der Sache, die du immer gemacht hast, worüber du mit keinem gesprochen hast, aber von der trotzdem alle wussten."

Jetzt war es raus. Kaum einer glaubte an so etwas

wie übersinnliche Kräfte oder wie Samael es nannte, seine Gabe. Aber nutzen wollten es alle. Oft hatte Samael darüber nachgedacht, ob sein Können wirklich so übersinnlich war. Mit einer guten Freundin, die als spiritueller Führer immer wieder Menschen mit besonderen Gaben begleitete, hatte er schon oft darüber gesprochen. Sie glaubte fest daran.

9

Samael hatte Jana Sulamai vor ein paar Jahren kennengelernt. Damals war er auf eine Weiterbildung geschickt worden, in der es darum ging, ob die Polizei sogenannte Hellseher als Berater zu Rate ziehen dürfe. Bis dahin waren solche Personen eher Tabu gewesen. Wenn jemand einen Hellseher zu Rate gezogen hätte, wäre er verspottet worden. Seit der Jahrtausendwende wurden jedoch immer mehr Menschen mit spirituellen Fähigkeiten eingebunden. Angefangen hatte es in Amerika und war dann auch nach Europa übergeschwappt.

Jana war Schweizerin und kam vor einigen Jahren mit ihrem samoanischen Ehemann aus den USA in die Schweiz zurück. Dort hatte sie Physik und Neurobiologie studiert. Einige Zeit nach Ende ihres Studiums war sie zum ersten Mal mit einer Wissenschaft konfrontiert worden, die sich mit Übersinnlichem beschäftigte. Die Noetic Science ist eine Wissenschaft, die gerade erst anfing, sich einen Namen zu machen. Meistens wurden die Wissenschaftler, die sich damit befassten, von ihren Kollegen belächelt. Davon hatte sich Jana aber nicht abhalten lassen. Sie war fest davon überzeugt, dass die meisten Wissenschaftler nicht bereit waren, über den Tellerrand zu schauen und zu begreifen, dass es Dinge zwischen Himmel und Erde gab, die nicht erklärt werden können.

Damals wie heute beschäftigte sie sich hauptsächlich mit Nahtoderfahrungen. Das war auch der Grund, warum Jana sich mit ihm unterhalten wollte. Irgendwie hatte sie erfahren, dass Samael eine besondere Gabe hatte. Für sie war er wie ein Sechser im Lotto. Allerdings stellte sich heraus, dass er auf einem Lottoschein war, der nicht abgegeben wurde. Sie redeten viel miteinander, doch Samael war nie bereit gewesen, irgendwelche Labortests mit sich machen zu lassen.

In ihren Gesprächen ging es hauptsächlich darum, wie Samael die Situationen erlebte, bei denen er mit Sterbenden oder gerade Verstorbenen in Kontakt kam. Für Jana war klar, dass Samael etwas von der Seele der Sterbenden zu spüren bekam. Sie versuchte Samael zu helfen, mit den Situationen umzugehen, aber dafür war Samael noch nicht bereit.

Seine Eltern waren Bauern gewesen, die regelmäßig in die Kirche gingen. Übersinnliches gab es für sie nur, wenn es um die Kirche ging, jedoch nicht wenn etwas anderes damit in Zusammenhang gebracht wurde. An die Wissenschaft glaubten sie auch nicht. Und so war ihm heute, nach den ganzen Gesprächen mit Jana klar, dass es Übersinnliches gab. Auch die Wissenschaft wurde für ihn zu einem Fundus an Informationen.

Trotzdem war er nach dem gewaltsamen Tod eines kleinen Mädchens in einer kleinen Eifelgemeinde nicht mehr fähig gewesen, weiter zu machen. Damals hatte er nicht nur der Polizei den Rücken gekehrt. Auch Jana und seinen Freunden der Dienstelle hatte er die kalte Schulter gezeigt. Heute hatte er eigentlich niemanden mehr. Wenn seine Kinder nicht ab und zu bei ihm gewesen wären, hätte er außer seinem Psychologen niemanden mehr gehabt.

10

"Gut", sagte Samael.

Björn runzelte die Stirn.

"Was ist gut?" fragte Björn.

"Ich werde Ihnen helfen, aber dafür brauche ich selbst auch Hilfe", antwortete Samael.

"Was sollen wir tun, um dir zu helfen?" hakte Björn nach.

"Ich müsste kurz nach Hause. Dort habe ich zwei Telefonnummern. Diese beiden Personen müssen kontaktiert werden. Ohne sie wird es für mich zu schwierig."

Björn sah Samael kurz an.

"In Ordnung, Sven und Eric begleiten dich. Kann ich davon ausgehen, dass du uns wirklich helfen wirst und nicht versuchen zu flüchten?!"

Samael nickte.

Kurze Zeit später fuhren Samael, Sven und Eric in Samaels Wohnung. Für einen kurzen Moment fühlte es sich für Samael an wie früher, als sie zu Einsätzen gefahren waren. Die Wohnung von Samael war klein: Wohnzimmer, Schlafzimmer, Küche und Bad. Sehr überschaubar. Während Samael auf seinem Schreibtisch die Telefonnummern suchte, schauten sich Sven und Eric in der Wohnung um. Schon nach wenigen Minuten war ihnen klar, dass hier etwas nicht stimmte. Ein kurzes Nicken reichte aus, um sich zu verständigen. Als sie wieder im Wagen saßen, sah Sven Samael an.

"Kann ich mal dein Handy haben?"

Samael runzelte die Stirn und gab ihm das Telefon.

Wenige Handgriffe später lag das Smartphone zerlegt vor ihm.

"Habe ich mir doch gedacht."

Vor lauter Schreck konnte Samael nichts mehr sagen. Eric wandte sich an Samael.

"Wir glauben, dass dich jemand beobachtet. Auch deine Wohnung ist nicht sicher. Uns ist etwas im Wohnzimmer aufgefallen, das verdächtig nach einer sehr kleinen Kamera aussieht. Aber solange wir nicht wissen, was los ist, werden wir nicht handeln. In deine Wohnung gehst du erstmal nicht. Und dein Handy bleibt vorerst auseinandergebaut."

Auf dem Rückweg zum Präsidium waren alle drei ruhig und in Gedanken versunken. Samael konnte sich darauf keinen Reim machen. Sollte ihn wirklich jemand beobachten? Und wenn ja, warum? Auch Eric und Sven hingen diesen Gedanken nach.

Ein Gedanke blitzte Samael durch den Kopf.

"Sag mal Sven, wenn mich jemand beobachtet oder überwacht, dann weiß er doch jetzt, dass er entdeckt worden ist. Er hat doch bestimmt mitbekommen, dass das Telefon nicht mehr sendet."

Sven drehte sich zu Samael um.

"Das kann ich dir erst im Präsidium sagen. Erst wenn ich dein Handy richtig untersucht habe, kann ich dir sagen, welche Informationen dein Handy weitergegeben hat. Außerdem, da du gewisserma-

ßen der Hauptverdächtige bist, ist es nicht ungewöhnlich, dir deine Kontaktmöglichkeiten zu nehmen."

Samael wusste das natürlich.

"Aber wie rufe ich jetzt meine Kontakte an?"

Sven verdrehte die Augen.

"Aus dem Präsidium."

Samael kam sich etwas dumm vor, er hatte auch
das gewusst, aber im Moment war sein Gehirn nicht
fähig richtig, zu arbeiten. Auch weil er wusste, was
ihm noch bevorstand.

Sich der Frau zu nähern, der er vor wenigen
Stunden noch helfen wollte und die so verunstaltet
war, sorgte dafür, dass in ihm ein Gefühl der Übelkeit aufkam.

Auf dem Revier angekommen, wurde Samael direkt in einen Krisenraum gebracht. Von dort aus
durfte er telefonieren. Erst einmal rief er Jana an um
sich erst einmal bei ihr zu entschuldigen. Anschlie-
ßend rief er seinen Psychologen. Sven und Eric waren währenddessen nicht bei ihm im Krisenraum
geblieben. Es machte ihn etwas nervös. Bis auf einen
jungen Polizisten, war er allein in diesem fensterlosen Raum.

Jana hatte sich richtig über Samaels Anruf gefreut.
Als sie von seinem Problem hörte, war sie sofort
bereit, ihm zu helfen. Sie versprach ihm, sich sofort
auf den Weg zu machen. Da sie in der Schweiz
wohnte, wusste Samael, dass er auf sie am längsten
warten musste.

Michael, sein Psychologe hingegen wohnte auch in Wittlich. Ihn brauchte er sofort.

"Hallo."

"Hallo Michael, es tut mir leid, dass ich dich so spät störe, aber du musst mir helfen."

Das andere Ende der Leitung blieb kurze Zeit still.

"Oh Samael, wie spät ist es denn?"

Samael sah schnell auf die Uhr. Er war erstaunt. Es war tatsächlich mitten in der Nacht. Ihm kam es so vor, als wenn er erst vor wenigen Minuten versucht hatte, die Frau aus dem Auto zu befreien.

"Es ist drei Uhr in der Nacht. Ich sitze schon wieder auf dem Polizeirevier und es gibt wahrscheinlich eine weitere Frau, die bald sterben wird."

"WAS?!"

Der Ausruf am anderen Ende der Leitung war so laut, dass sich der anwesende junge Polizist zu Samael umdrehte.

"Du hörst ganz recht. Wenn du bitte so schnell wie möglich hierher kommen könntest? Du musst mir psychisch beistehen."

"Ja, in Ordnung. Ich mache mich sofort auf den Weg."

Ohne sich zu verabschieden, legte Michael auf. Samael wusste, dass es sich nur um Minuten handeln konnte, bis er da war. Jetzt hieß es warten.

11

Samael hatte sein Gefühl für Zeit verloren, nachdem ihm die Zeit vom Unfall bis zu seinen Telefonaten wie Minuten vorkam, erschien ihm die Wartezeit im Krisenraum wie Stunden. Nach dreißig Minuten wurde ihm Michael ins Zimmer gebracht.

"Hallo Samael, ich habe unterwegs schon ein wenig von dem gehört, was passiert ist. Würdest du mich trotzdem nochmal aufklären?"

Samael nickte und erzählte ihm jede Kleinigkeit. Erst als Samael geendet hatte, bemerkte er, wie blass Michael geworden war.

"Wow, das ist echt gruselig. Was glaubst du denn? Wer könnte daran Interesse haben, dich so zu quälen und vor allem, wer ist so grausam?"

Samael zuckte mit den Schultern.

"Wie ich in den Sitzungen schon erzählt habe, gibt es sehr viele gerade auch gewaltbereite Menschen, die ich hinter Gitter gebracht habe. Ich kann es also nicht genau sagen. Zurzeit bin ich nicht wirklich Herr meiner Gedanken. Du weißt, was die Polizei nun von mir will. Mein Ex-Chef glaubt zumindest im Moment nicht daran, dass ich schuldig bin. Also soll ich meine Gabe einsetzen."

Während Samael die Worte 'meine Gabe' sagte, setzte er sie mit seinen Händen in Anführungszeichen. Michael wusste, was das zu bedeuten hatte. Schon so oft hatte er diese Geste gesehen. Er legte Samael die Hand auf die Schulter.

"Du weißt, dass das die einzige Möglichkeit ist, den Täter zu fassen. Bisher scheint er ja ziemlich schlau vorgegangen zu sein. Immerhin sieht alles danach aus, als stündest du mit all diesen Toten in Verbindung."

Samael nickte.

"Ich weiß, kannst du mich begleiten?"

Darüber war Michael überrascht und schockiert.

"Ich weiß nicht, ich möchte mir, glaube ich, nicht diesen Anblick antun."

Samael winkte ab.

"Du brauchst mich nicht ins Zimmer zu begleiten. Es reicht mir völlig, wenn du zügig greifbar bist."

"In Ordnung, wenn die Polizei nichts dagegen hat."

Wie auf Kommando kamen Sven, Eric und deren Chef in den Raum. Ihren Gesichtern war anzusehen, dass ihnen nicht wohl zumute war. Samael horchte auf.

"Was ist los?"

Björn sah ihn an.

"So wie es aussieht, wurde die Frau nach Ludwigshafen gebracht. Sie wird zurzeit im Verbrennungszentrum der BG-Klinik behandelt. Die Ärzte, mit denen wir gerade gesprochen haben, sagten, dass wir nicht mehr viel Zeit hätten, um sie noch lebend anzutreffen. Das heißt, ab in die Autos und los."

Verwirrt sah Samael die anderen an, aber Sven

und Eric nickten nur. So schnell wie sie gekommen waren, gingen sie auch wieder. Michael stupste Samael an.

"Auf, wir müssen, bin mal gespannt, wie schnell man in einem Polizeiwagen im Einsatz in Ludwigshafen ankommt."

Samael konnte kaum noch einen Gedanken fassen. Michael zerrte ihn förmlich aus dem Raum. Vor dem Präsidium standen zwei Zivilwagen bereit. Sven stieg in den rechten ein und bedeutete Samael und Michael hinten einzusteigen. Neben Sven am Steuer saß ein junger Polizist, den Samael nicht kannte. Kaum waren sie eingestiegen, fuhr der Wagen auch schon los.

"Anschnallen!"

Der barsche Ton des Fahrers veranlasst Samael und Michael sich so schnell wie möglich anzuschnallen. Samael dreht sich um und sah, wie der zweite Wagen direkt hinter ihnen fuhr. Das Blaulicht des hinteren Wagens zuckte immer wieder auf. Das Blaulicht und das sehr schnelle Fahren weckten in Samael Erinnerungen, die er für immer weggesperrt hatte. Sie fuhren schnell, sehr schnell. Michael krallte sich mit seinen Händen überall fest, wo er Halt fand.

Samael hatte dafür keinen Kopf. Seine Gedanken flogen hin und her, so wie sein Körper, wenn der Wagen in Kurven fuhr. Er dachte darüber nach, was er an diesem Beruf so gehasst hatte. Die Leichen, die Verstümmelungen und Misshandlungen waren es gewesen, die ihn dazu gebracht hatten, das Handtuch zu werfen. Aber es blitzten auch andere Gedanken auf. Jedes Mal wenn der Fahrer in eine Kurve fuhr und die Fliehkräfte wirkten, erinnerte er sich daran, dass der Job auch Spaß gemacht hatte. Während Samael mit seinen Gedanken rang, kämpfte Michael mit seinem Magen. Er war nicht fähig auch nur einen klaren Gedanken zu fassen oder auch nur etwas zu sagen. Mehr als ein Stöhnen war von ihm nicht zu hören. Es dauerte etwas über eine Stunde und die Wagen hielten vor dem Krankenhaus. Michael stieg aus und übergab sich in die nächste Hecke. Samael, der etwas gefestigter wirkte, fragte sich, ob Michael ihm wirklich helfen könne.

Sven, der die ganze Fahrt über gedöst hatte, stieg aus und lächelte Samael an.

"Es ist immer wieder schön, dass es noch Menschen gibt, die nicht auf Geschwindigkeit stehen."

Michael stand wieder bei Sven und Samael. Samael merkte sofort, dass Michael eine Frage hatte.

"Was ist los, Michael, du möchtest mich doch etwas fragen?"

Michael nickte.

"Was sind das für Typen?"

Er deutete auf die beiden Fahrer, die sich gerade mit dem Chef unterhielten. Samael zuckte mit den Schultern.

"Unsere Fahrer!"

Bevor noch jemand irgendetwas sagen konnte, kamen Björn und Eric zu ihnen rüber.

"So, auf jetzt, wir werden erwartet und wir wissen

nicht, wieviel Zeit uns noch bleibt."

Samael wusste es. Selbst wenn die Person schon gestorben war, war die Seele noch einige Zeit dort. Er wusste auch, dass das, was er gleich erleben würde, an ihm nagen würde.

An der Pforte wurden sie schon von einem Arzt erwartet. Er stellte sich als der diensthabende Arzt des Verbrennungszentrums vor. Da Björn der Dienststellenleiter war, unterhielt sich der Arzt vorrangig mit ihm. Während er sie zum Verbrennungszentrum führte, lief Samael hinter den beiden, gefolgt von Eric, Sven und Michael, der immer noch sehr blass um die Nase war. Auf dem Weg zu ihrem Ziel bemerkte Samael, wie sich der Arzt öfter mit einem interessierten und nachdenklichen Blick zu ihm umdrehte.

Als sie die Schleuse erreichten, hielt der Arzt an.

"Wenn es möglich ist, bitte ich darum, dass nicht alle mit hineinkommen. Hier liegen außer der jungen Frau, die sie besuchen möchten, noch andere Verbrennungsopfer. Wir möchten diese Menschen so wenig wie möglich belasten."

Samael und seine Begleiter nickten verständnisvoll.

"Wen möchtest du mitnehmen?"

Die Frage seines Ex-Chefs überraschte ihn. Er sah sich um und befand, dass Michael immer noch fürchterlich aussah. Dann nickte er Eric zu.

"Gehst du mit mir dort rein?"

Eric nickte sofort.

"Natürlich."

Der Arzt verlor keine Zeit. Er öffnete die Tür und gab Samael und Eric ein Zeichen, ihm zu folgen. In der Schleuse mussten sie sich einen blauen Kittel, eine Haube und einen Mundschutz anziehen.

"Es ist wichtig, so Keim arm wie möglich zu sein. Gerade bei großflächigen Verbrennungen wäre es nicht gut, wenn diese sich entzünden würden."

Nachdem sie fertig waren, brachte der Arzt sie zu dem Zimmer, in dem die junge Frau lag.

"Ich weiß nicht, wie viel sie schon von diesem Fall mitbekommen haben, aber das, was sie gleich sehen werden, ist nichts für schwache Nerven. Diese Frau wird sterben. Es ist eigentlich sogar ein Wunder, dass sie noch lebt. Um ihre Schmerzen zu mindern, bekommt sie jede Menge Morphium. Es kann sein, dass sie nochmal zu sich kommt. Wenn das der Fall ist, wird sie nicht mit Ihnen reden können. Ihre Stimmbänder und die Atemwege sind ebenfalls sehr in Mitleidenschaft gezogen worden."

Samael und Eric nickten. Samael wusste, was auf ihn zukam. Er hatte ja noch mitbekommen, wie sich die junge Frau bewegt hatte. Bei diesem Gedanken lief es ihm eiskalt den Rücken herunter. Es war noch viel schlimmer, als er gedacht hatte. Im Zimmer stand ein Bett und drum herum jede Menge Geräte, die piepten. In dem Spezialbett lag die Frau. Sie war nackt und an den nicht oder weniger verbrannten Stellen mit einem speziellen Tuch abgedeckt. Samael sah, dass sie Schmerzen hatte. Also wirkte das Morphin nicht genug. Er fühlte aber auch, dass es nicht mehr lange dauern würde bis es vorüber war.

Nun stand er hier vor dem Bett und wusste nicht, was er machen sollte. Er musste, um etwas zu sehen, den Körper der Frau berühren und genau dies war das Problem. Die Arme und Hände waren wie die Beine und der Kopf entstellt. Es gab nicht viele Stellen, die er berühren konnte und er wollte natürlich auch nicht pietätlos sein und sie unsittlich berühren. Schon gar nicht in einer solchen Situation. Eric stupste ihn an und flüsterte ihm ins Ohr.

"Hier, am Bauch ist eine Stelle. Dort könntest du sie berühren ohne dass es eigenartig wirkt."

Samael war perplex. Er hätte nicht gedacht, dass sich Eric so viel gemerkt hatte. Nachdem Eric auf die Stelle gedeutet hatte, sah er sie auch. Eine Stelle, die nicht verbrannt war und weit genug von jedem Schambereich entfernt war. Langsam ging Samael näher ans Bett. Dort setzte er sich auf einen Hocker. Noch langsamer führte er seine Hand an die Stelle. Als er ihre Haut berührte, zuckte die junge Frau zusammen. Samael erschrak und zog seine Hand zurück. Für einen Augenblick dachte er, dass es die Frau doch noch schaffen könnte. Bevor er seinen Gedanken zu Ende gedacht hatte, spürte er jedoch, wie die Energie nachließ. Wenige Sekunden später fing das erste Gerät mit einem Alarm an. Immer noch saß Samael neben dem Bett, er wrang seine Hände, da er nicht wusste, was er machen sollte. Alles geschah so schnell und er fühlte sich völlig deplatziert. Nur Eric behielt die Ruhe. Er machte der Schwester Platz, sie stellte die Alarmtöne ab. Samael wusste, was das bedeutete. Für das Personal war klar, dass es soweit war. In dieser Sekunde wusste er wieder, was er zu tun hatte. Noch einmal berührte er den Körper, doch diesmal zuckte dieser nicht und er konnte sich auf das konzentrieren, was wichtig war.

12

Björn, Michael und Sven warteten fast eine ganze Stunde darauf, dass Samael und Eric wieder aus dem Zimmer kamen. Als es dann endlich soweit war, wussten die zwei, dass es besser war, mit den Fragen noch zu warten. Während sich das Krankenhauspersonal um die Verstorbene kümmerte, setzten sich die fünf ins Wartezimmer. Worauf sie warteten konnte, keiner wirklich sagen, aber nachdem eine weitere Stunde vergangen war, kam der Arzt neugierig auf die kleine Gruppe zu. Ohne Umschweife setzte er sich Samael gegenüber.

"So, Sie sind also der Mann, der diese außergewöhnliche Gabe hat? Können Sie mir erklären, wie das funktioniert, oder zumindest wie es sich für Sie äußert?"

Samael, der die ganze Zeit wie erstarrt auf dem Stuhl gesessen hatte, schreckte aus seinen Gedanken auf. Die Frage des Arztes brachte ihn wieder in die Realität zurück. Ohne eine weitere Frage fing er an zu erzählen.

"Wenn ich einen Sterbenden oder eine gerade verstorbene Person berühre, dann ist es so, als wenn ich beim Schlafen träume. Vor meinem inneren Auge erscheinen Bilder, meistens sind es die letzten Bilder der Verstorbenen. Für das Lösen von Mordfällen ist das natürlich hervorragend. Oftmals bekommen wir dadurch Hinweise darauf, wo wir Beweismittel finden können. In 95% aller Fälle hat das zur Verurteilung des Mörders geführt. Über Jahre hinweg haben wir so in ganz Deutschland und bei einigen europäischen Nachbarn mehrere hundert Fälle gelöst."

Gespannt hörten alle zu, selbst Michael, der Samaels Geschichte schon seit einigen Jahren kannte. So offen hatte Samael bisher noch nie gesprochen und Michael glaubte daran, dass es ihm helfen würde, wenn er das hier so ausführlich erklärte.

"Während dieser Jahre habe ich sehr viele Grausamkeiten gesehen. Ich habe sie so gesehen, wie die Opfer es mitbekommen. Das ist emotional sehr belastend, am schlimmsten sind Vergewaltigungen und wenn Kinder betroffen sind."

Der Arzt verzog das Gesicht und nickte betroffen.

"Hier war es jetzt das erste Mal seit über einem Jahr, das ich es wieder getan habe. Ich bin ehrlich. Ich weiß jetzt wieder, warum ich den Polizeiberuf an den Nagel gehängt habe. Aber anscheinend möchte das jemand nicht."

Sven, Eric und Michael runzelten die Stirn. Die drei sahen sich an und wussten, dass sie alle den gleichen Gedanken hatten. Konnte es sein, dass ein Gesetzeshüter dahinter steckte, um Samael wieder zurück zu holen? Mit einem Kopfschütteln taten alle drei gleichzeitig die Sache wieder ab. Das war zu abwegig.

"Ich habe den Täter gesehen. Es wird uns aber nicht helfen. Kennen Sie die Maske von Anonymous?"

Der Arzt nickte, er hatte das Gefühl, dass er angesprochen war.

"Unser Täter hat eine solche Maske getragen. Das heißt, der Täter kennt meine Gabe und das schränkt den Täterkreis ein. Außer Ihnen, die hier drin sitzen und meine Eltern, weiß kaum jemand davon. Ich habe es noch nicht einmal meiner Ex-Frau erzählt. Sie versteht bis heute nicht, warum ich den Beruf aufgegeben habe. Vielleicht wäre es anders gekommen, wenn ich ihr davon erzählt hätte."

Eric unterbrach Samael.

"Sag mal, wurde nicht in einigen Verfahren darüber gesprochen? Hatten nicht einige Anwälte versucht, so die Beweise als unzulässig erklären zu lassen?"

Samael nickte.

"Ja, es gab einige Verfahren, bei denen es zur Sprache kam, da es den Anwälten nicht schlüssig war, wie die Polizei an die Beweise gekommen war. Sie hofften, dass die Polizei nicht mit legalen Mitteln gearbeitet hatte. Aber durch meine Gabe konnten die Polizisten rechtzeitig alle Anträge stellen und so waren die Beweise alle rechtens."

Samael merkte, dass er abschweifte. Er wusste zwar nicht, warum es den Arzt interessierte, aber er ahnte, dass die anderen im Raum jetzt endlich etwas erfahren wollten.

"Als ich die junge Frau berührt habe, sah ich, wie sie ihre Wohnungstür öffnete. Auf einmal wurde es dunkel. Das Nächste waren verschwommene Bilder, die immer klarer wurden. Sie saß gefesselt auf einem Stuhl in einem dunklen Raum. In der Ecke auf einem Tisch brannte als einzige Lichtquelle eine Kerze. Der Täter saß ihr gegenüber, er hatte diese Maske auf und sagte kein Wort. Als nächstes nahm er ein Tuch und hielt es der Frau vor den Mund. Als sie wieder zu Bewusstsein kam, saß sie im Auto. Das Auto bewegte sich, ohne dass sie irgendetwas tat. Es gab kein Lenkrad, keine Pedale und keinen Schaltknüppel. Sie geriet in Panik, da sie nicht wusste, was sie machen sollte. Wenige Sekunden später kam ich ins Bild, das Auto beschleunigte und hielt direkt auf mich zu. Die Panik stieg ins Unermessliche. Bis zum Aufprall versuchte sie, sich aus dem Auto zu befreien. Es war vergeblich."

Samael machte eine Pause. Eric, der ahnte, wie trocken sich Samaels Kehle anfühlen musste, reichte ihm eine Flasche Wasser.

"Das Schlimmste an der ganzen Sache war, dass das Auto wahrscheinlich gar nicht in Flammen aufgegangen wäre. Auf dem Beifahrersitz lag eine kleine Flasche, die Frau hatte sie anfangs gar nicht bemerkt. Erst als es knackte und klickte. Wenige Sekunden später kam von dort ein Feuerball und den Rest kennen wir. Jetzt ist mir zumindest klar, warum das Auto so schnell in Flammen aufging. Es war ein Brandbeschleuniger im Spiel."

Sven nickte.

"Also, was das angeht, hat die Spurensicherung vorhin angerufen, als ihr dort drin wart. Das mit dem Brandbeschleuniger und den fehlenden Bedienmöglichkeiten haben sie bestätigt. Die Flasche auf dem Beifahrersitz war gewöhnlicher flüssiger Grillanzünder. Den kann man in jedem Geschäft kaufen. Das mit der Fernsteuerung ist da schon außergewöhnlicher. Der Täter muss ein unheimlich großes technisches Verständnis haben. Und was noch wichtiger ist: Er war vor Ort. Wahrscheinlich haben wir ihn dort sogar gesehen. Noch etwas steht für mich jetzt jedenfalls zu hundert Prozent fest. Samael kann es nicht gewesen sein."

Björn und der Arzt sahen ihn verwundert an.

"Nun ja, meine Oma hat ein größeres Technikverständnis als Samael und die hat noch ein Wählscheibentelefon."

Dieser unprofessionelle Spruch von Sven lockerte die Situation etwas auf. Es lachte zwar keiner, aber jeder, außer dem Arzt, wusste, was Sven meinte. Björn nahm dies als Anlass aufzustehen.

"So, auch wenn wir hier gut gesessen haben und vielen Dank nochmal für den Kaffee, aber wir müssen jetzt wieder zurück. Die Nacht war lang und ich befürchte der Tag wird noch länger."

Alle anderen erhoben sich ebenfalls. Doch bevor sie das Wartezimmer verließen, sah der Arzt Samael nochmal an.

"Ein befreundeter Arzt sucht für Studien genau solche Menschen wie Sie. Er ist Neurologe und möchte gerne wissen, was bei Menschen, die besondere Gaben haben, im Gehirn passiert. Vielleicht

78

möchten Sie sich ja mit ihm in Verbindung setzen, wenn diese Sache beendet ist, natürlich."

Etwas schockiert sah Samael den Arzt an. Dieser reichte ihm eine Visitenkarte und verließ zügig das Zimmer. Als die anderen ihm folgten, sahen sie, dass er geradewegs in das Brandzentrum verschwand. Irritiert sah die Gruppe sich an.

"Was war denn das?"

Die Frage von Björn ging allen durch den Kopf. Samael zögerte.

"Es gibt Wissenschaftler, die würden gerne einige Tests mit solchen Menschen wie mir machen. Aber bevor ich zu irgendeinem gehe, bekommt Jana die Möglichkeit. Wenn ich es jemals machen werde."

Es trat verlegenes Schweigen ein, bis Björn dieses brach.

"Gut, egal, wir müssen los. Die Fahrer warten unten und sind mit Sicherheit auch froh, wenn sie wieder ins Bett gehen können."

Michael geriet in Panik.

"Nicht schon wieder. Die zwei sind ja bekloppt. Haben die das Autofahren am Computer gelernt?"

Sven sah Michael belustigt an.

"Dafür, dass du eigentlich als Unterstützung mitgekommen bist, hast du mehr Hilfe gebraucht als gebracht."

Der einzige, der darüber gelacht hatte war Sven selbst. Er war kein gehässiger Mensch, aber Schadenfreude in solchen Situationen war einfach sein Ding. So ging er mit schwer Verdaulichen um. Eric und

Samael kannten das schon und es störte sie nicht mehr. Michael dagegen war peinlich berührt.

"Mach dir mal keine Gedanken, auf dem Heimweg wird es nicht so rasant zugehen. Wir sind ja nicht mehr in Eile. Außerdem sind die zwei Profis. Die kommen vom SEK und trainieren so etwas oft. Also keine Angst, die wissen genau was sie tun."

Die Antwort beruhigte Michael etwas, nicht dass die zwei vom SEK waren, sondern dass der Heimweg etwas gemütlicher würde. Er hatte sich geirrt.

Sie waren gerade auf die Autobahn gefahren, da erhielt Björn einen Anruf. Auf sein Kommando wurde das Blaulicht aufs Dach gesetzt und Gas gegeben. Michael verdrehte die Augen.

"Oh nein."

13

In Wittlich angekommen, stürmte Björn direkt in sein Büro. Die zwei SEK-Beamten verabschiedeten sich und fuhren zu ihrem Stützpunkt zurück.

"Was kann denn so wichtig gewesen sein, dass wir es auf einmal doch so eilig hatten?"

Der gequälte Ausdruck in Michaels Gesicht unterstrich seine Frage.

"Das muss nichts mit unserem Fall zu tun haben. Er ist nun mal der Chef dieser Behörde. Am besten gehst du jetzt nach Hause und schläfst dich etwas aus."

Michael sah auf die Uhr.

"Na ja, ausschlafen? Das geht nicht, um 10 Uhr habe ich heute den ersten Termin. Aber bis dahin ruh ich mich noch etwas aus. Was macht ihr?"

Eric sah sich um.

"Wir gehen jetzt erst mal rein. Dann werden wir uns ein Frühstück besorgen und überlegen, was wir als nächstes machen werden."

Sie verabschiedeten sich und gingen ins Revier. Eric telefonierte kurz und wenige Minuten später brachte seine Frau Brötchen und Wurst vorbei. Alles andere hatten sie hier. Während sie aßen, kam ein junger Polizist in Zivil und flüsterte Sven etwas ins Ohr. Ohne ein Wort zu sagen, stand dieser auf und verließ den Aufenthaltsraum. Samael sah Eric an.

"Was hat der denn schon wieder angeleiert?"

Eric zuckte mit den Schultern.

"Du kennst ihn doch. Wahrscheinlich hat er schon wieder einen Einfall gehabt. Irgendetwas mit Computern wahrscheinlich. Vielleicht hat es etwas mit den Kameras in deiner Wohnung oder mit der Wanze in deinem Handy zu tun."

Samael nickte.

"Ja, da hast du wohl recht."

Nach einer knappen halben Stunde kam Sven zurück. Er sah seine beiden Freunde kritisch an.

"Wir haben ein Problem!"

Verwirrt sahen sie Sven an. Bevor Samael sich fangen konnte, hatte Eric den Gedanken, der Samael ebenfalls durch den Kopf ging ausgesprochen.

"Was für ein Problem haben wir?" fragte Eric.

"Ihr erinnert euch an meine Vermutung mit den Kameras in deiner Wohnung?"

Beide nickten.

"Also, bevor wir heute Nacht losgefahren sind, habe ich einen Freund von mir angerufen. Ihm habe ich einen Auftrag gegeben."

Samael wurde unruhig.

"Nun spuck schon aus. Was ist das für ein Freund und was hat das mit meiner Wohnung zu tun?"

"Als Erstes werde ich euch nicht sagen, wer mein Freund ist. Ihr werdet ihn kennenlernen und er wird euch nicht seinen echten Namen sagen. Ihr wisst, im Gegensatz zu euch bin ich ein echter Computerfachmann. Mein Freund ist so etwas wie ein Spezialist. Er bewegt sich im Internet wie eine Katze auf einem Zaun. Absolut sicher und ohne Spuren zu hinterlassen. Ihn habe ich gebeten, sich auf die Suche nach deinen Kameras zu machen. Ach und noch was, ich kenne ihn schon seit meiner Kindheit, also keine weiteren Fragen stellen. Ich werde sie euch nicht beantworten!"

Eric nickte.

Samael ebenfalls, doch in ihm brannte eine Frage. Er sah Sven erschrocken an.

"So etwas geht?"

Sven nickte.

"Ja, wenn du weißt wie, kannst du alle Geräte, die mit dem Internet verbunden sind, finden und auch steuern. Nun hat mein Freund etwas gefunden und ich habe ihn darum gebeten, dass er sich mit uns trifft und uns seine Ergebnisse zeigt."

Samael stand auf.

"Na, dann los, ich möchte wissen, was er gefunden hat."

Auch Eric und Sven erhoben sich. Zu dritt verließen sie das Gebäude und stiegen in Svens Dienstwagen. Samael runzelte die Stirn.

"Wenn uns dein Freund seine wahre Identität nicht preisgeben möchte, wo treffen wir ihn dann?"

Sven, der zielstrebig fuhr, antwortete.

"Bei mir!"

Die Antwort war nicht zufriedenstellend. Auch wenn Samael ihn nun schon einige Jahre kannte, diese Geheimnistuerei ging ihm gewaltig auf die Nerven. Da Sven ein gutes Stückchen außerhalb von Wittlich wohnte, mussten sie ein wenig fahren. Was

Samael noch mehr ärgerte, waren Svens und Erics Schweigen. Während der gesamten Fahrt hingen sie ihren Gedanken nach. Samael konnte nicht klar denken. Die Ereignisse der letzten 30 Stunden waren zu viel für ihn gewesen. Am liebsten wäre er nach Hause gefahren und frisch geduscht ins Bett gehüpft. Da war er, ein weiterer Punkt, warum er kein Polizist mehr sein wollte. Zu viele schlecht bezahlte Überstunden und mangelhafte Möglichkeiten, sich frisch zu machen. Er wollte gerade anfangen zu meckern, als Erics Telefon klingelte. Dieser ging dran und drehte sich dann zu Samael um.

"Hier, ist für dich. Da ist jemand auf dem Revier, der mit dir sprechen möchte."

Er nahm irritiert das Handy.

"Ja, Samael Förster hier."

Am anderen Ende der Leitung war der Polizist, der an der Pforte des Reviers saß.

"Hallo Herr Förster, hier steht eine Frau namens Jana Sulamai. Sie möchte mit Ihnen sprechen und sagte mir, dass ihr Telefon nicht mehr ginge."

Samaels Gedanken liefen durcheinander, Jana hatte er ganz vergessen. Natürlich fühlte er sich schuldig.

"Oh ja, geben Sie ihr bitte diese Nummer, damit sie mich anrufen kann."

Der Beamte bestätigte und legte auf. Wenige Sekunden später klingelte erneut das Telefon. Samael nahm den Anruf an.

"Hallo Jana, du bist aber wirklich schnell."

Das verächtliche Schnauben am anderen Ende des Telefons erschreckte ihn.

"Oh ja, natürlich, du hast mit Sicherheit nicht mehr daran gedacht, dass ich auf dem Weg zu dir bin. Aber das macht gar nichts. Ich werde mich in den Zug setzten und wieder nach Hause fahren."

Im ersten Moment glaubte Samael ihr, bis er sich darauf besann, dass Jana es liebte, sarkastisch und ironisch zu sein. Auch wenn es gelegentlich nicht der richtige Zeitpunkt war. Die lange Pause verunsicherte ihn etwas. Hatte sich Jana vielleicht verändert? Doch bevor er etwas sagen konnte, hörte er wieder ihre Stimme.

"Hallo, alles in Ordnung, du weißt doch, dass ich nicht wirklich wieder fahren würde. Ich werde mich in ein Café setzen und auf dich und deine Ex-Kollegen warten."

Erleichtert atmete Samael auf.

"Du hast Recht. Ich habe nicht mehr daran gedacht, dass du schon so schnell in Wittlich eintreffen könntest."

Ganz leise schob er hinterher.

"Und dass du auf dem Weg bist."

"Ist schon gut, ich weiß, dass du eine harte Nacht hinter dir hast. Wie schon gesagt, ich suche mir ein Café oder ein Hotel. Ich bin ganz schön müde. Vielleicht schlafe ich noch ein wenig bis ihr wieder hier seid. Also bis später."

"Ok, bis später."

Als Samael Eric das Handy zurückgab, bogen sie

in Svens Auffahrt ein. Vor dem Haus stand ein Mann, der Svens Freund sein musste. Das unscheinbare Auftreten des Mannes irritierte Samael. Er dachte immer, dass Computerspezialisten dick seien und lange, fettige Haare hätten. Dieser Mann sah eher so aus wie er. Knapp 1,80 m groß, kurze Haare und eine schlanke Figur.

"Hallo, ich bin Neo. Wo können wir ungestört sein?"

Der junge Mann sah Sven durchdringend an. Doch bevor Sven etwas sagen konnte, meldete sich Samael noch zu Wort.

"Moment mal, Neo, wie der aus den Matrix-Filmen."

Der Unbekannte nickte.

"Ja, so ist es leichter für Sie, mich anzusprechen und niemand wird mich finden können außer ich möchte es."

Dass Neo sofort zur Sache kam gefiel Samael, ebenso die Geradlinigkeit, die er an den Tag legte. Wahrscheinlich gehörte er zu den Menschen, die tatsächlich aufpassen mussten, mit wem sie sich trafen. Samael hatte zuerst die Befürchtung, dass das was er ihnen zeigte, ihm nicht wirklich gefallen würde.

"Lasst uns in den Keller gehen. Dort habe ich einen Internetanschluss und meine Familie wird uns nicht stören."

Die Begrüßung war eigenartig. Es schien eher so, als sei Neo nicht mit Sven befreundet. Samael überlegte, dass er später Sven darüber ausfragen wollte. Als sie in Svens Büro im Keller angekommen waren, schloss Neo seinen Laptop an und begann sofort einiges einzugeben. Wenige Minuten später, eine Zeit der Stille, sah Neo auf und fing ohne Umschweife an zu erzählen.

"Als du mich gestern Abend angerufen hast, glaubte ich eher daran, dass du mich veräppeln möchtest. Denn eine Überwachung über das Internet zu machen, ist sehr leichtsinnig. Jeder, der sich etwas mit Computern und Internet auskennt, kann durch Zufall darauf stoßen. Aber derjenige, der das hier gemacht hat, war ein Profi. Ich habe mehrere Stunden gebraucht, um die Kameras an der angegebenen Adresse zu finden. Sie laufen über so viele Proxyserver, dass ich echt Mühe hatte, sie überhaupt zu finden. Erst als ich die IP-Adresse des Überwachenden herausbekommen hatte, die sich übrigens jede Stunde ändert, konnte ich anfangen, den Rest herauszufinden. Es ist übrigens extrem schwierig, da dran zu bleiben, es ist echt kein Spaß."

Als Neo bemerkte, dass Samael und Eric ihm nicht folgen konnten, verzog er das Gesicht.

"Also, ich bin ebenfalls ein Profi. Ich habe mich in den Computer gehackt und kann ihm dadurch folgen. Auf dem Computer waren mehr als zwanzig Kameras geschaltet. Davon waren fünf in der Wohnung deines Kollegen und je fünf weitere in Wohnungen, in denen zurzeit anscheinend keiner zu Hause ist. Die restlichen fünf Kameras waren ausgeschaltet und solange sie aus sind, kann ich keine Adresse ermitteln."

Samael unterbrach ihn.

"Heißt das, dass du die Adressen der anderen Wohnungen herausbekommen hast?"

Neo nickte, leicht genervt. Er wusste ganz genau, dass Menschen, die sich nicht mit dem Internet auskannten, überrascht waren, wenn man ihnen zeigte, was man alles herausfinden konnte.

"Ich habe sie hier notiert. Die noch geschlossenen Kameras habe ich auf dein Handy gelegt, sobald sie eingeschaltet werden, kannst du sie sehen. Die Adressen bekommst du von mir als Nachricht geschickt."

Sven nickte. Das hatte er erwartet.

"Noch etwas: Das Handy deines Freundes war mit einem Virus infiziert. Dieser Virus war aktiv, bis du das Telefon ausgeschaltet hast. Aber, es ist so: Derjenige, der den Virus da draufgespielt hat muss es in der Hand gehabt haben. Also egal wer es ist, er muss Kontakt zu ihm gehabt haben."

Dabei zeigte er auf Samael.

"Wie auch immer. Der Täter scheint auf jeden Fall im näheren Umkreis zu finden zu sein. Ich habe auch die Adresse der Wohnung herausgefunden, an die die ganzen Infos gegangen sind. Der Nachteil an der ganzen Sache ist, dass der Unbekannte mit Sicherheit schon weiß, dass er gehackt worden ist. Wer so fit im Netz ist, der weiß auch, wenn er angegriffen wird. Allerdings hat er mich gewähren lassen. Und das heißt für mich, er wollte, dass Ihr diese Informationen bekommt. Also seid vorsichtig."

Sie sahen sich noch die Bilder der Kameras an und Samael wurde es übel. Er sah seine Wohnung und die der anderen. Dabei fragte er sich, wo er da hineingeraten war.

Die Verabschiedung ging schnell. Neo packte seine Sachen und fuhr davon. Die drei anderen stiegen ebenfalls in ihr Auto und fuhren wieder zurück. Samael wollte sich direkt mit Jana treffen. Er brauchte jetzt unbedingt Beistand. Seine Hoffnung war, dass Jana ihn beruhigen konnte. Sven und Eric gingen ins Revier zurück, um zu beratschlagen, wie sie jetzt vorgehen sollten.

14

Als Sven und Eric in ihrem Büro saßen, überlegten sie sich erst mal, wie sie es ihrem Vorgesetzten erklären konnten, dass es wohl jemanden gab, der Samael ans Leder wollte. Bevor sie ihre Gedanken zu Ende denken konnten, kam ein Kollege vorbei.

"Hey ihr zwei, habt ihr den Chef irgendwo gesehen oder etwas von ihm gehört?"

Sven sah seinen Kollegen an.

"Er hat heute Morgen einen Anruf bekommen und als wir wieder in Wittlich waren, ist er direkt in sein Büro gerannt."

"Ja, ja, das weiß ich auch. Ich habe ihm diesen Anruf durchgestellt, bei seinen Nachbarn war heute Nacht eingebrochen worden und das, obwohl diese zu Hause waren. Einige Sachen wurden entwendet und jetzt haben sich seine Nachbarn Sorgen gemacht, ob bei ihm auch eingebrochen worden sei. Schließlich war bei ihm niemand zu Hause."

Der Kollege zuckte mit den Schultern.

"Wahrscheinlich ist er nachschauen gefahren und redet jetzt mit ihnen."

Eric und Sven nickten. Als der Kollege das Büro wieder verlassen hatte, runzelte Sven die Stirn.

"Hey Ben."

Der Kollege kam nochmal zurück.

"Sind die Kollegen noch vor Ort?"

Ben zuckte mit den Schultern.

"Keine Ahnung, ruft doch mal bei dem Koordina-

tor für die Streifen an, der wird es euch sagen können."

Als Ben weg war griffen sie gleichzeitig zu ihren
Telefonen.

"Ok, Eric, du rufst drüben an und ich versuche
den Chef zu erreichen."

Nach wenigen Minuten war klar, dass die Polizei
nicht mehr vor Ort war. Der Kollege am Telefon
berichtete Eric kurz von dem Vorfall. Während Eric
wieder auflegen konnte, versuchte Sven immer noch,
Björn zu erreichen.

"Was ist, reagiert Björn nicht?"

Sven schüttelte den Kopf.

"Nein, egal wo ich es versuche, sein Handy ist sogar ausgeschaltet."

Eric runzelte die Stirn. Dies sah seinem Chef nicht
ähnlich. Normalerweise ging er immer ans Handy,
egal wo er gerade war.

Kaum hatte sich Sven zurückgelehnt, vibrierte
sein Handy. Zuerst dachte er, Björn würde zurück-
rufen, aber das war es nicht. In seiner Nachrichten-
zeile tauchte ein Symbol auf, mit dem er nichts anfangen konnte. Es schien so, als hätte er eine Nachricht bekommen, doch das Symbol war eine Kamera.
In diesem Moment machte es bei Sven klick. Wahrscheinlich war eine der noch dunklen Kameras akti-
viert worden. Sofort öffnete er die App. Das was er
sah, konnte er nicht direkt einordnen. Auf dem Bildschirm erschien ein dunkler Raum, der nur in der
Mitte ausgeleuchtet war. Dort im Scheinwerferkegel

saß ein Mann, der anscheinend auf einem Stuhl fest-
gebunden war. Sven versuchte das Bild zu vergrö-
ßern, es war trotzdem noch zu undeutlich. Ohne sich
verständigen zu müssen, gingen beide in den Krisenraum. Dort schloss Sven sein Handy an den großen Bildschirm an. Ihm stockte der Atem. Auf dem
großen Bildschirm war die Person sofort zu erkennen, es war Björn. Sofort liefen bei Sven und Eric
Automatismen ab. Sie beriefen einen Krisenstab ein.
Ihr Chef fehlte zwar, aber sie wussten alle, was sie
zu tun hatten. Sven versuchte, zwischendurch Neo
zu erreichen. Er wollte, dass dieser ihm die Adresse
der Kamera besorgte. Während sie versuchten, so
viele Informationen wie möglich zusammenzube-
kommen, änderte sich etwas auf dem Bildschirm.
Sven hatte sein Handy immer noch daran angeschlossen, um solche Änderungen sofort mitzube-
kommen. Ein weiteres Licht war eingeschaltet worden, so dass jetzt der Raum besser ausgeleuchtet
war. Im Hintergrund erkannten sie eine Bar und
einige Bilder. Erst bei genauerem Hinsehen war Sven
klar, was er da sah.

"Halt, stopp."

Alle hielten inne und sahen Sven an.

"Ich weiß, wo das ist. Das ist der Partykeller des
Chefs."

Diese Nachricht ließ vor allem Sven und Eric er-
schaudern. Eric nahm Sven zur Seite.

"Was meinst du, was wird hier gespielt? Warum
ist Björn auf dem Stuhl gefesselt und sollen wir Sa-

mael herholen?"

Sven schüttelte den Kopf.

"Den brauchen wir hier nicht, er muss jetzt erstmal mit sich selbst klarkommen. Was wir brauchen ist das SEK."

Eric griff sofort zum Telefon und wenige Minuten später war der Kommandant des SEK in ihrem Büro. Er sah sich den Bildschirm genau an.

"So wie es aussieht, ist das verhangene Fenster blockiert und diese Tür scheint mit einem Mechanismus versehen zu sein, der etwas auslöst. Leider kann ich nicht sehen, was es ist. Wie kommt ihr überhaupt an diese Bilder?"

Sven erklärte es ihm schnell. Der Kommandant überlegte kurz.

"Glaubst du, dass der Täter schon mitbekommen hat, dass ihr hier auf seine Kameras zugreifen könnt?"

Sven zuckte mit den Schultern.

"Ich weiß es nicht, könnte sein, muss aber nicht. Aber ich glaube, wir müssen uns beeilen, Björns Frau kommt heute Vormittag nach Hause. Sie war mit der Tochter bei ihren Eltern. Wenn sie in den Keller geht und diese Falle auslöst, dann tötet sie ihren Mann."

Sie überlegten gar nicht mehr lange. Eric und Sven fuhren mit dem SEK-Kommandanten zu Björns Haus. Vor Ort waren schon einige Streifenwagen und zwei SEK-Teams. So wie es aussah, war das Gebäude komplett gesichert und die Straße war gesperrt. Ein Rettungswagen mit Notarzt war auch schon vor Ort. Bevor sich das SEK durch die Keller-außentür brechen wollte, diese war auf der Kamera nicht zu sehen, überprüften die Beamten die Situation. Mit einer beweglichen Teleskopkamera versuchten sie die Tür zu kontrollieren. Danach waren sie sich sicher, dass diese Tür nicht mit einer Falle versehen war. Eric, Sven und das SEK-Team standen zusammen und besprachen, wie sie vorgehen sollten.

"Also, wir konnten keine Falle entdecken. Das heißt aber nicht, dass dort keine ist. Wir werden ganz vorsichtig die Tür öffnen und auf das reagieren, was wir dort vorfinden."

Es kam schlimmer, als sie vermuteten. Ganz langsam öffnete das SEK die Tür. Als sie ein Spalt weit offen war, wurde die Tür erneut überprüft. Der Bereich, in dem sich die Tür befand war dunkel, sodass sie nicht alles wahrnehmen konnten. Die Nachtsichtgeräte konnten sie nicht verwenden, da das Licht auf der anderen Seite zu hell war. Fieberhaft versuchten sie sich mit einem Spiegel, einen Überblick zu verschaffen. Nichts war zu sehen. Der hauchdünne Faden, der am Türblatt befestigt war, war zu dünn, um ihn wahrzunehmen. Auch der Zug, in dem er eingelegt war und dieser, verlief direkt an der Wand. In dem Moment, als sie sich sicher waren, dass die Tür nicht mit einer Falle versehen war, öffneten sie die Tür. Alles was jetzt passierte, geschah so schnell, dass die Polizisten gar nicht reagieren konnten. Der hauchdünne Faden zog an einem dünnen Stock, der einen schweren Betonbrocken auf einem Schrank stabilisierte. Dieser löste sich jetzt und der Brocken fiel zu Boden. An diesem Brocken war ebenfalls ein Seil befestigt, welches über mehrere Ringösen an der Decke zur Mitte des Raumes führte. Das Seil lag um Björns Hals und als der Brocken fiel schnürte sich das Seil zu. Es handelte sich um einen Draht, wie er auch bei Gitarrensaiten verwendet wird. Sehr stark, sehr dünn und sehr scharf. Bevor das SEK überhaupt mitbekam, was passiert war, lag Björns Kopf schon vor ihren Füßen. Jetzt wurde es hektisch. Jeder versuchte, sich einen Überblick über die Lage zu machen und herauszufinden, ob es noch mehr Fallen gab. Doch es war die einzige.

Sven und Eric hatten alles auf dem Handy mitverfolgt. Ihnen war schlecht. Jetzt war ihnen eines klar. Nicht einmal sie selbst waren vor diesem Verrückten sicher. Es dauerte Stunden, bis sie wieder im Büro saßen. Während dieser Zeit kam auch Björns Ehefrau nach Hause. Zum Glück war schon ein Trauma Spezialist vor Ort, sodass sie und ihre Tochter betreut wurden. Vorerst wurden sie in ein sicheres Haus gebracht. Auch Eric und Sven hatten ihre Familien in Sicherheit gebracht. Beide hatten Verwandte, die weit genug weg wohnten und von ihnen selten besucht wurden. Sie hofften, dass der Verrückte nicht auch das noch wusste. Da sie ihren Familien nichts sagen durften, war es nicht gerade einfach, diese davon zu überzeugen, für einige Tage wegzufahren.

15

Während seine Kollegen einen schlimmen Tag erlebten, traf sich Samael mit Jana. Da er nicht wusste, was mit Björn gerade geschah war, war er unbefangen. Sie trafen sich in einem kleinen Café in der Wittlicher Innenstadt.

"Hallo Samael, mein Gott siehst du mitgenommen aus."

Samael setzte sich ihr gegenüber und bestellte einen schwarzen Tee. Er hasste Kaffee, noch nicht einmal riechen konnte er ihn. Das was die meisten Menschen so sehr daran mochten, stieß ihn am meisten ab.

"Hallo Jana, ja, ich sehe beschissen aus, aber nach dieser Nacht ist das auch kein Wunder."

Sofort begann er, ihr die Erlebnisse der letzten Stunden zu erzählen. Jana wäre nicht Jana gewesen, wenn sie ihm nicht aufmerksam zugehört hätte. Das war eine der Eigenschaften, die Samael an Jana so mochte. Dass sie hübsch war, war für ihn nebensächlich, jedoch nicht für seine Ex-Frau. Jeanette hatte einmal ein Foto von ihr gesehen, zusammen mit ihm. Da war es mit ihr durchgegangen. Damals fragte sie ihn, ob sie der Grund für seine Seminare sei. Diese kleine blonde Frau, die für ihr Alter eine tolle Figur hatte. Jana trug die Haare kurz, was sie etwas jünger aussehen ließ. Sie trieb Sport und ernährte sich gesund. So war es kein Wunder, dass sie keiner für fast sechzig hielt. Jeder, der sie zum ersten Mal sah, war davon überzeugt, dass sie gut zwanzig Jahre jünger sei. Erst als Jeanette Jana kennenlernte, verflog die Eifersucht. Die Ehe ging trotzdem zugrunde. Als Samael mit seiner Ausführung am Ende war, nippte Jana an ihrem Kaffee.

"Dir ist schon klar, was da passiert ist?"

Samaels Gesichtsausdruck schien die Frage zu beantworten.

"Du hast an so vielen Seminaren teilgenommen, die dem Zuhörer näher bringen sollten, dass jeder für sein eigenes Glück verantwortlich ist. Du hast eine Gabe, eine sehr seltene Gabe. Ich habe jede Menge Menschen kennengelernt, die ihrer Umwelt weismachen wollten, dass sie besondere Gaben hätten. Viele waren Scharlatane, Wahrsager, die nicht in die Zukunft sehen konnten aber, im Gesicht der Kunden, das was sie hören wollten. Wunderheiler, die das Leben von Menschen riskierten, nur um an ihr Geld zu kommen. Aber hin und wieder traf ich welche, die eine echte Gabe hatten, so wie dich. Und so wie du, haderte jeder von diesen, ihre Gaben einzusetzen. Die meisten wussten nicht wie. Es ist schwierig, jemandem die Zukunft vorher zu sagen, wenn man weiß, dass er ganz schlimme Jahre erleben wird. Besonders wenn man weiß, dass diese Menschen die Wahrheit nicht hören wollen. Dennoch lernen die meisten, mit ihrer Gabe umzugehen. Bei dir habe ich das auch gedacht, bis du weggelaufen bist."

Samael zuckte zusammen.

"Ich bin nicht weggelaufen. Es war nur nicht mehr zu ertragen, was ich da immer wieder erleben musste. Das ganze Leid und der Schmerz sind einfach zu viel für mich."

Jana schmunzelte, was Samael etwas verwirrte.

"Ja, natürlich, keiner sagt, dass es leicht ist, so eine Verantwortung zu tragen. Aber jetzt sei mal ehrlich zu dir. Was hat es dir bis jetzt gebracht?"

Samael überlegte, er dachte darüber nach, was in den letzten Jahren alles passiert war. Als erstes fiel ihm ein, dass er jetzt einen Job hatte, der ihm nicht jede Woche einen Toten präsentierte. Es war zwar nicht seine Berufung, aber er war gut. Ok, die Bezahlung war beschissen und die Arbeitszeiten waren es auch. Aber es war ein ruhiger Job mit nur wenig Aufregung. Jetzt, als er so darüber nachdachte, wurde ihm bewusst, wie langweilig seine momentane Arbeit war. Als nächstes fiel ihm ein, dass seine Kinder die Achtung vor ihm verloren hatten. Jasper und Celine waren kurz vor der Pubertät und mussten ihren Freunden erklären, warum ihr cooler Kripo Papa auf einmal als Wachmann. Sie sprachen immer weniger mit ihm, auch wollten sie nicht mit ihm zum Einkaufen gehen. Lieber gingen sie dann mit ihrer Mama. Wahrscheinlich war es für seine Kinder genauso schwer zu sehen und zu begreifen, was mit ihrem Papa passierte, wie für seine Frau. Am Anfang kompensierte er seinen Frust mit Essen und Rauchen. Erst als seine Frau ihn rauswarf, hörte er damit auf. Sport war schon immer seine Leidenschaft und sie hilft besser gegen den jetzt noch höheren Frust und die beginnende Depression. Nun war er am letzten Punkt. Er hatte eigentlich alles verloren, seine Familie, seine Freunde und die Arbeit, die er liebte.

"Nichts."

Nach dieser langen Zeit der Stille schrak Jana fast zusammen als er unvermittelt sprach. Sie hatte ihn die ganze Zeit beobachtet. Ihr war klar, dass er sich noch nie wirklich darüber Gedanken gemacht hatte. Das war ihre Gabe, sie konnten den Menschen, die ihr gegenüber saßen, ins Gewissen reden. Die Menschen, die zu ihr kamen, standen oft an einem Scheidepunkt. Sie konnten ihren bisherigen Weg weitergehen oder verstehen, was ihnen gut tat. Den meisten gelang es, sich ihrer Wünsche und Ziele bewusst zu werden und danach zu streben, sei es nun Erfolg im Beruf oder im zwischenmenschlichen Bereich. Es ist nicht einfach, sein Leben zu ändern, und nur wer es wirklich von Herzen möchte, schafft es auch.

"Gut, da weißt du jetzt ja schon mal, warum du dich immer noch beschissen fühlst."

Samael nickte.

"Ja, aber was mache ich jetzt?"

Jana lächelte.

"Was möchtest du denn machen?"

Sie wusste, dass er selbst zur richtigen Erkenntnis kommen musste, sonst hätte all das hier keinen Sinn. Samael überlegte.

"Da mich mein Albtraum wieder eingeholt hat, kann ich wohl davon ausgehen, dass ich nicht einfach weglaufen kann."

Jana nickte.

"Richtig, du kannst nur vor bestimmten Situationen weglaufen, aber egal wohin du gehst, du nimmst dich und deine Gabe überall hin mit."

Samael grübelte darüber nach.

"Du hast Recht, niemand außer mir selbst hat mir im Weg gestanden. Aber wie gehe ich mit diesen Sachen um, die ich sehe und mit Niemanden teilen kann?"

Jana zog die Augenbrauen zusammen.

"Bist du dir da so sicher? Immerhin scheinen Eric und Sven dich zu verstehen, auch ich verstehe dich und bestimmt gibt es noch einige deiner früheren Freunde, die dich verstehen würden. Aber die wichtigste Person ist Jeanette. Ich glaube, sie könnte dir helfen, als erste Ansprechperson."

Samael schüttelte energisch den Kopf.

"Nein, Jeanette weiß noch nicht einmal etwas von meiner Gabe. Ich will sie damit nicht belästigen und so wie sie mir gegenüber auftritt, glaube ich kaum, dass sie noch etwas von mir wissen möchte."

Jana sah ihm tief in die Augen.

"Bist du dir da sicher?"

Samael wusste nicht mehr, was er sagen sollte. Jana ließ ihm Zeit. So saßen sie da, tranken noch einen Kaffee und einen Tee und sprachen kein Wort miteinander. Nach einiger Zeit merkte Jana, dass ein Entschluss in Samael Gestalt annahm. Sie wusste, dass er jetzt nicht mehr von diesem Weg abgebracht wer-

den konnte. Behutsam steuerte sie ein anderes Thema an. Für Jana war es leicht, ihm mit Worten und
Anekdoten aus ihrem Leben, in seinem Beschluss zu
bestärken.

16

Als Eric und Sven wieder im Büro saßen, fiel ihnen ein, dass Samael von der ganzen Sache noch nichts wusste. Gerade als sie ihn anrufen wollten, tauchte er in ihrem Büro auf.

"Hallo ihr zwei, na, wie war euer Tag? Meiner war gut, Jana bleibt noch ein wenig in der Stadt. Sie hat sich ein Hotelzimmer gesucht und möchte mich noch etwas unterstützen."

Erst als er ihre Gesichter sah, wurde ihm klar, dass die beiden keinen schönen Tag hatten. Als sie ihm alles erklärt hatten, wurde ihm schwindelig.

"Was machen wir jetzt?"

Er sah sie so verzweifelt an, dass beide nicht wussten, was sie jetzt machen sollten.

"Vielleicht bringen wir erst einmal deine Frau und deine Kinder in Sicherheit. Anscheinend hat unser Täter so viel über uns herausgefunden, dass es ihm möglich war, Björn in die Finger zu bekommen. Sven wird seine Familie ebenfalls in Sicherheit bringen und ich habe ja keine wie du weißt."

Samael nickte. Er wusste, dass Jeanette nicht auf ihn hören würde, aber wenn Sven und Eric dabei waren, hatte sie keine andere Wahl. Sofort sprangen sie zum Auto und fuhren los. Samael wusste ja, dass seine Frau ihn nicht willkommen heißen würde, also versuchte er erst gar nicht anzurufen.

Es war eine kurze Fahrt. Während dieser versuchte Samael sich krampfhaft zu überlegen, wie er ihr diese Nachricht überbringen sollte. Immerhin kannte sie Björn auch von gemeinsamen Bällen und anderen Feiern.

Das Gespräch mit Jana hatte in ihm einen Gedanken keimen lassen. Er wollte seine Familie zurück und seinen Job als Polizist auch. Jetzt saß er hier und wusste nicht, wie er es anfangen sollte. Björn, der ihn bestimmt wieder eingestellt hätte, beziehungsweise für ihn beim Ministerium ein gutes Wort eingelegt hätte, war nicht mehr. Wer auch immer sein Nachfolger werden würde, konnte ihm die Sache vermasseln. Ein Polizist sollte nicht seit Jahren in dauerhafter psychologischer Behandlung sein. Und seine Frau, naja, wie er das anfangen sollte, wusste er erst recht nicht.

Sein altes Haus wieder zu sehen, schmerzte ihn sehr. Da seine Frau Rechtsanwältin war, wusste er, dass er keine Chancen gehabt hätte, das Haus zu bekommen. Aber er hatte auch nicht kämpfen wollen. Damals war er zu sehr mit sich selbst beschäftigt gewesen. Und für die Kinder war es gut, dass sie in ihrer gewohnten Umgebung aufwachsen konnten. Sven übernahm das Klingeln. Sie waren nicht überrascht, dass Jeanette ihnen öffnete. Während der Fahrt hatte Eric telefoniert, um herauszufinden, ob sie heute arbeiten würde. Sie hatte Urlaub und war zu Hause. Über Eric und Sven schien sie sich tatsächlich zu freuen.

"Hallo Sven, hallo Eric, schön euch zu sehen."

Die Freude war echt, denn als sie Samael sah, veränderte sich ihr Gesichtsausdruck.

"Was willst du denn hier und warum haben die beiden dich im Schlepptau? Hast du endlich begriffen, dass der Beruf als Polizist nicht nur einfach eine Arbeit für dich war?"

Sven war es, der das Reden übernahm.

"Ich weiß nicht genau, was dazwischen euch los ist und ich möchte es auch nicht wissen. Wir haben jetzt etwas Wichtigeres mit dir zu besprechen. Du hast doch bestimmt von den Leichenfunden gestern und von dem Unfall in der Nacht gehört?"

Jeanette nickte.

"Können wir vielleicht erst reinkommen? Dann klären wir dich auf."

Sie öffnete die Tür ganz und ließ sie herein. In der Küche nahmen alle an einer kleinen Theke Platz. Wieder verspürte Samael ein leichtes Stechen in der Herzgegend.

"Also Jeanette, wir sind hier, weil wir glauben, dass einer der Jungs, die Samael hinter Gitter gebracht hat, sich an ihm rächen möchte."

Jeanette schüttelte den Kopf.

"Wie kommt ihr darauf?"

"Samael hat die beiden Leichen gefunden und wäre beinahe bei dem Unfall ums. Leben gekommen. Und heute Morgen hat der Täter unseren Chef getötet. Er scheint es darauf abgesehen zu haben, Samael psychisch zu zerstören."

Er wollte weitersprechen, aber in diesem Moment vibrierte wieder sein Handy. Erschrocken nahm er es in die Hand und sah wieder das Kamerasymbol. Bevor er weitersprechen konnte, musste er heraus- finden, was jetzt zu sehen war. Sein Gesichtsaus- druck verfinsterte sich. Es waren zwei Kameras ein- geschaltet worden und beide zeigten in etwa das gleiche Bild. Auf jedem war ein leeres Schwimmbe- cken zu sehen. Am Boden waren Ketten befestigt, daneben lag je eine Schwimmweste. Sonst war dort nichts zu sehen. Bevor Sven reagieren konnte, waren die Bilder wieder schwarz.

"Was zum Geier war das?"

Samael und Eric wollten sofort wissen, was los war. Also erklärte Sven, was er grade gesehen hatte. Alle drei verfielen ins Grübeln, sodass Jeanette es mit der Angst zu tun bekam.

"Würdet ihr mich jetzt mal bitte aufklären!"

In diesem Moment wurde ihnen klar, dass sie sich beeilen mussten.

"Wo sind die Kinder?"

Jeanette wirkte nervös.

"Warum?"

"Weil du jetzt eure Sachen packst und dann mit deinen Kindern zu Samaels Familie in Osnabrück fährst. Dort solltet ihr sicher sein. Wir haben schon abgeklärt, dass ihr für ein paar Tage dort bleiben könnt."

Jeanette begriff nicht, was Sven sagte.

"Aber warum?"

"Weil wir glauben, dass ihr in Gefahr seid. Der Täter hat es darauf abgesehen, Samael zu quälen und was wirkt da mehr als die eigenen Kinder?"

Erschrocken sah Jeanette Sven an.

"Meinst du wirklich? Samael ist doch schon seit langem kein Polizist mehr. Warum sollte sich jetzt jemand an ihm rächen wollen?"

"Nun Jeanette, weil er vielleicht erst vor kurzem aus der Haft entlassen wurde oder geflohen ist! Wir wissen nicht, wer es ist, aber wir haben Anhaltspunkte. Also machst du jetzt, was wir dir gesagt haben?" Jeanette nickte. Sven zog Eric zur Tür.

"Wir warten am Auto, bitte beeile dich."

Samael verstand erst nicht, als er aber dann in Jeanettes Gesicht blickte, wusste er, dass er mit ihr kurz allein reden musste.

"Ich weiß, wie du dich fühlen musst. Das war mit einer der Gründe, warum ich diesen Beruf an den Nagel gehängt habe. Ständig diese Angst. Es tut mir leid."

Jeanette sah ihn an.

"Du brauchst dich nicht zu entschuldigen. Ich weiß, dass du deine Entscheidung nicht leichtfertig getroffen hast. Aber was hat dir das alles gebracht? Du hast dich verändert!"

Damit drehte sie sich um und ging nach oben. Samael wusste nicht, was er davon halten sollte. Das gleiche hatte Jana doch auch gerade erst zu ihm gesagt. Verwirrt folgte er seinen Kollegen zum Auto. Sie fuhren los.

"Wo wollen wir jetzt hin?"

Eric drehte sich zu Samael um.

"Na zu der Adresse, die wir von Neo haben. Es sind schon einige Kollegen vor Ort und beobachten die Wohnung. Seit Stunden ist dort nichts passiert. Daher wollen wir die Wohnung jetzt öffnen, hoffentlich ohne Überraschungen."

17

Als sie an der Adresse ankamen, waren sie überrascht. Die Wohnung befand sich mitten in der Stadt, in einem kleinen Neubau, in dem mehrere Wohnungen waren.

"Hey, hier in der Nähe hat Michael seine Praxis. Vielleicht sollte ich ihn mal anrufen."

Doch gerade als er sein Telefon in die Hand nehmen wollte, klingelte es.

"Hallo."

"Hallo Samael, hier ist Michael. Ich habe ein Problem."

Michael hörte sich besorgt an.

"Ok Michael, ich bin ganz in der Nähe, komm doch hier rüber und wir reden. Vielleicht kann ich dir ausnahmsweise mal helfen."

Er gab ihm die Adresse und wartete hinter den Polizeiautos auf ihn. Da er noch kein Polizist war, durfte er bei der Öffnung der Wohnung nicht anwesend sein. Wenige Minuten später sah er Michael schon auf sich zukommen. In der Hand hielt er einige Blätter.

"Was ist denn los?"

Michael versuchte erst einmal, wieder zu Atem zu kommen. Anscheinend war er so zügig wie möglich hierher gelaufen.

"Du weißt doch, dass ich dir gesagt habe, dass ich heute Morgen noch einen Termin hatte."

Samael nickte.

"Nun, mein Termin kam nicht. Das ist nicht sehr ungewöhnlich. Hin und wieder kommen einfach die Patienten nicht mehr. Aber in diesem Fall ist es sogar sehr ungewöhnlich. Meine Patientin ist eine junge Frau, die immer zuverlässig war und die Gespräche auch wirklich benötigt. Was die Sache noch eigenartiger macht, ist, dass der Folgetermin ebenfalls nicht kam. Wieder eine junge Frau und wieder eine normalerweise sehr zuverlässige Patientin. Ich habe beide versucht anzurufen, aber weder auf dem Handy noch auf dem Festnetz sind sie zu erreichen."

Samael dachte nach.

"Hast du versucht, die Familien zu erreichen?"

Michael schüttelte den Kopf.

"Das geht nicht. Eigentlich darf ich dir das alles gar nicht erzählen, aber du bist immerhin ein ehemaliger Polizist und ich glaube, dass du bei Verschwiegenheit weißt, was ich von dir erwarte. Diese jungen Frauen sind vor ihren Familien geflüchtet. Sie leben alleine hier in der Eifel, haben keine Freunde und keine Bekanntschaften, und das hat seinen Grund. Hier sind die Daten. Wir müssen unbedingt herausbekommen, wo sie sind."

Als Michael Samael die Blätter übergab, beschlich ihn schon ein eigenartiges Gefühl. Er glaubte schon zu wissen, was jetzt kam. Kaum hatte er die Blätter umgedreht, war er sich sicher.

"Ich weiß, was mit deinen Patientinnen passiert ist. Diese hier habe ich gestern im Wald gefunden und diese hier in einer Kiste."

Samael wurde schlecht. Er hatte das Gefühl, sich übergeben zu müssen. Dieser Fall wurde immer verrückter. Als er sich die Blätter noch einmal ansah, wurde er bleich.

"Wusstest du, dass beide hier wohnten?"

Michael schüttelte den Kopf.

"Sie kamen zu unterschiedlichen Zeiten und mit unterschiedlichen Problemen. So genau habe ich nicht auf die Adresse geachtet. Warum?"

Samael sah ihn an.

"Weil der vermutliche Täter auch dort wohnte."

Er zeigte auf das Gebäude hinter ihnen. In diesem Moment kamen Sven und Eric wieder aus dem Gebäude. Zielstrebig gingen sie auf Samael und Michael zu.

"Es ist niemand zu Hause. Dieser Verrückte hat die ganze Wand mit Fotos von dir und deiner Familie, sowie von den Frauen, die er ermordet hat, tapeziert. Einige von Björn sind auch dabei. Den Zusammenhang verstehen wir aber noch nicht."

Samael zeigte seinen Freunden die Blätter. Mit wenigen Blicken war ihnen klar, dass es hier noch mehr zu tun gab. Schnell lief Sven zurück und verlangte die Öffnung zwei weiterer Wohnungen. Zuerst waren die Polizisten genervt, reagierten dann aber dennoch schnell.

Eric war bei ihnen geblieben.

"Am besten kommt ihr beide mit in die Wohnung des Täters. Vielleicht kann uns ja Michael noch sagen, wer die dritte Frau war."

110

Mit unguten Gefühlen folgten sie Eric in die Wohnung. Kaum hatten sie die Wohnung betreten, war ihnen klar, dass der Täter ein Psychopath sein musste. Bis auf einen Computer und einem Sofa war die Wohnung leer. Sie wirkte fast schon klinisch gereinigt.

"Wahrscheinlich werden wir keinerlei Spuren finden, wer immer das war, weiß genau was er macht. So langsam glaube ich, er wollte, dass wir das hier finden."

Als Michael die Wand sah, die mit Bildern gepflastert war, schrak er zusammen. Er zeigte auf das Foto einer jungen Frau, und da wusste Samael, was los war. Das Bild zeigte die junge Frau, die im Auto verbrannt war.

"So wie es aussieht, hat dieser Mensch wirklich alles bis ins kleinste Detail geplant."

Samael stimmte Eric zu. Gemeinsam sahen sie sich die Bilder an der Wand an. Einige Fotos zeigten die Tatorte und daneben hingen Pläne, wie das Haus von Björn oder der Ort, an dem die zweite Frau lebendig begraben wurde. Michael, Eric und Samael hatten genug von diesem schaurigen Versteck. Sie gingen wieder hinaus und überließen der Spurensicherung die Wohnung. Nur Sven blieb dort und wartete, bis das Sofa untersucht und die Fotos eingesammelt waren. Wie schon geahnt, hatten sie keine verwertbaren Spuren gefunden. Zum Schluss war nur noch Sven mit einem in weiß gehüllten Spurensicherer in den Räumlichkeiten. Sie wollten den

Computer untersuchen, da sie nirgends irgendwelche Spuren gefunden hatten. Nachdem auch der Computer keine Spuren hergab, setzte sich Sven davor und bewegte die Maus. Auf dem Bildschirm erschienen diverse Fenster, die Videos zeigten. Es waren weitaus mehr, als die, die Neo gefunden hatte. Sven wurde stutzig. Als er die Tastatur bewegte, platzte ein kleiner Beutel der darunter angebracht war. Die kleine Wolke flog direkt in Svens Gesicht. Bevor er noch wusste, was geschehen war, kippte er zu Seite und fing an zu krampfen. Der Spurensicherer, der noch in der Tür stand, rief sofort Hilfe. Da niemand genau wusste, was geschehen war, verzögerte sich das Handeln der Hilfskräfte. Ein Mann des SEK hielt die Luft an und betrat eilig den Raum. Als er zu seinem krampfenden Kollegen kam, sah er auf dem Bildschirm eine Nachricht.

>Oh wie wunderschön. Sarin ist echt wunderschön<

Es dauerte einige Sekunden, bis der SEK-Beamte begriff, was passiert war. Da das SEK auch gegen Terrorangriffe eingesetzt wurde, wusste er ganz genau, was zu tun war. Seit einiger Zeit gehörte zur Ausrüstung dieser Männer ein sogenannter Atropin Pen. Diese giftige Substanz war ein wirksames Mittel gegen das hier benutzte Nervengift. Sofort griff er in seine Tasche und stieß Sven die Nadel in den Oberschenkel. Unverzüglich hörte Sven auf zu krampfen. Der Polizist zog seinen Kollegen aus der Wohnung und sog tief Luft ein.

"Dieser Typ, den ihr jagt, ist geisteskrank. Wo um alles in der Welt hat er denn Sarin her?"

Die umstehenden Beamten sahen sich schockiert an. Da schon vor dem Einsatz ein Notarzt und ein Rettungswagen angefordert worden waren, konnte Sven sehr zügig ins Krankenhaus gefahren werden.

Vor dem Haus standen nun Samael mit seinen Ex-Kollegen sowie Michael und diskutierten über den Vorfall.

"Zum Glück war der Kollege so verrückt, sein Leben zu riskieren, um Sven zu retten."

Es war Samael anzuhören, dass er froh darüber war.

Eric nickte.

"Ja, dafür wird er sich aber vor seinem Chef verantworten müssen. Da er Sven gerettet hat und ihm nichts passiert ist, wird ihm wahrscheinlich nichts passieren. Außer vielleicht einen kleinen Anschiss über Eigensicherung am Arbeitsplatz. Wir drei fahren jetzt ins Büro und legen unsere Daten zusammen. Dann müssen wir mal darüber sprechen, was wir jetzt machen sollen. So langsam lichten sich unsere Reihen und das gefällt mir gar nicht."

Sie stiegen in Svens Dienstwagen und fuhren zum Dienstgebäude zurück.

18

Als sie wieder im Büro waren, stellte sich Eric an ein Whiteboard.

"Also, wir haben jetzt einige Sachen gesammelt und wir sollten unbedingt herausbekommen, warum dieser Kerl das macht."

Er drehte sich um, schrieb die Namen und die Fundorte der Opfer darauf und alles, was ihm dazu einfiel.

"So, jetzt möchte ich von euch wissen, was ihr dazu sagen könnt. Vielleicht fängst du an."

Mit dem Finger deutete er auf Michael.

"Dir sollte klar sein, dass deine Patienten nun offiziell als Mordopfer gelten und du im Rahmen der Ermittlungen nicht auf die Schweigepflicht achten musst. Also was ist mit den Frauen? Warum hat er genau diese ausgesucht?"

Michael räusperte sich.

"Nachdem ich die Fakten auf dem Bord lesen und verstehen konnte, habe ich einige Zusammenhänge begriffen. Also, nehmen wir nur Marlene, sie hat hier keinerlei Verwandtschaft. Ihre Familie ist der Täter. Der Onkel ist in Europa als Zuhälter eine bekannte Nummer, und Marlene ist im Zeugenschutzprogramm. Sie wurde von ihm schon als junge Teenagerin zur Prostitution gezwungen. Im Rahmen einer Großrazzia in Hamburg wurde sie aufgegriffen. Als die Staatsanwaltschaft merkte, wer sie war, wurde sie ins Zeugenschutzprogramm aufgenommen. Da ich zu den besten Trauma Therapeuten gehöre und wir in der Eifel sehr weit weg vom Großstadttrubel sind, hat man sie an mich verwiesen. Ich sollte sie stabil machen für die Verhandlung. Oh mein Gott, die werden fluchen."

Eric begriff.

"Also heißt das, dass der Täter ihr Trauma gegen sie eingesetzt hat."

Michael nickte.

"Ja, bei der zweiten Frau, Anke, war es genauso. Sie wurde als Kind immer wieder im dunklen Keller eingesperrt, auch wenn sich nichts angestellt hatte. Irgendwann hat sie die Flucht ergriffen und versucht, ein normales Leben zu führen. Ich glaube, dass sie das auch bald geschafft hätte. Bei Nele, der dritten Frau, war es ein Feuer, das ihre gesamte Familie ausgelöscht hat. Sie war die einzige Person, die den Brand in ihrem Elternhaus überlebte und das noch unverletzt."

Michael schwieg. Er dachte darüber nach, was er alles mit diesen Frauen besprochen hatte. Noch vor wenigen Tagen hatte er geglaubt, dass alle drei bald schon wieder ein normales Leben ohne Ängste führen könnten.

Eric dachte über das Gehörte nach. Auch Samael war in Gedanken versunken, als in ihm eine schreckliche Ahnung zur Gewissheit wurde.

"Woher wusste er das also? Wie konnte er von den Ängsten und Traumata der Frauen gewusst haben?"

Michael war ratlos.

"Das würde ich auch gerne wissen."

Samael, der zu dem Entschluss gekommen war, dass auch Michaels Praxis überwacht worden war, überlegte, wie er diesen Gedanken schonend aussprach.

"Also, ich glaube, dass unser Täter dein Büro überwacht haben muss. Und nicht nur das. Ich vermute auch, dass er im Umfeld deines Büros irgendwie tätig war. Denn wie sonst konnte er mein Handy verwanzen? Neo hat gesagt, dass man dafür in die Nähe des Gerätes kommen müsse, und ich trage mein Handy immer bei mir."

Michael war schockiert und es war ihm anzusehen, dass ihm dieser Gedanke nicht gefiel.

"Aber wie? In dem Gebäude arbeiten nur Ärzte und ihre Mitarbeiter. Die meisten von ihnen schon seit Jahren. Ich glaube nicht, dass es einer von ihnen war."

Eric sah Michael an.

"Das ist egal, ich vermute, dass er das alles hier mindestens zwei Jahre lang geplant hat. Das heißt, selbst wenn die Menschen in dem Gebäude schon länger dort arbeiten, dann sie trotzdem in Frage kommen. Meiner Meinung nach ist der Täter männlich. Ich glaube nicht, dass eine Frau einen solch perfiden Plan durchgeführt hätte. Außerdem vermuten wir ja einen Racheakt, und soviel ich weiß hat Samael hauptsächlich männliche Gewalttäter hinter Gitter gebracht. Und dass diese Taten von einem sehr gewaltbereiten Menschen verübt wurden, ist uns wohl allen klar. Was denkst du? Kann es sein, dass einer dieser Typen wieder auf freiem Fuß ist?"

Samael war sich nicht sicher. Immerhin hatte er auch einige Täter im Rahmen von Europol Einsätzen überführt.

"Wusste ich's doch. Du hast keine Ahnung, ob von denen einer wieder frei ist. Hast du deine Liste noch?"

Eric wusste, dass Samael sich eine Liste angelegt hatte. Darauf notierte er all diejenigen, die er aufgrund seiner Gabe überführen konnte. Samael nickte.

"Ja, aber die ist bei mir zu Hause und wenn der Typ dort war, um die Kameras zu installieren, dann kann es ja auch sein, dass er die Liste gefunden und mitgenommen hat."

Doch Eric glaubte das nicht.

"Was wir jetzt machen ist, dass du, Samael, nach Hause gehst und die Liste holst. Ich bezweifle, dass unser Unbekannter dir etwas antut. Er möchte dich noch ein wenig schmoren lassen. Michael und ich gehen zum Praxisgebäude und haken mal nach, ob es irgendwelche eigenartigen Gerüchte gibt."

Gesagt getan, Samael verließ als Erster das Büro und ging nach Hause. Den ganzen Weg über machte er sich Gedanken darüber, ob Eric Recht hatte. Wollte der Täter ihn noch etwas quälen? Es dauerte nicht lange, und er war mit der gefunden Liste wieder im Büro. Auf Eric und Michael musste er noch etwas warten. Aber als sie kamen, hatten sie interessante Neuigkeiten.

"Also, bei den Ärzten in dem Haus war alles in Ordnung. Wir wollten schon wieder gehen, als wir hörten, dass sich die Sprechstundenhilfen darüber aufregten, dass der Mann vom Hausmeisterservice die ganze Woche schon nicht da war. Es gab einige Sachen, die repariert werden mussten. Wir fragten nach der Nummer des Dienstleisters und riefen dort an. Am Telefon wurde uns dann mitgeteilt, dass sie schon wie verrückt nach ihrem Mitarbeiter suchten. Er war weder in seiner Wohnung noch ging er ans Telefon. Die waren auch so nett, uns den Namen und die Adresse zu geben. Rate mal, wo er gemeldet war. Genau. Es war die Adresse der Wohnung, die wir heute durchsucht haben. Allerdings sind die Namen des Wohnungsmieters und des Arbeitnehmers nicht identisch. Das heißt wiederum, dass wir es entweder mit zwei Tätern zu tun haben oder, was ich persönlich eher glaube, mit einem sehr intelligenten Täter."

"Welche Namen sind es denn?"

"Also im Mietvertrag steht Pierè Fesbon Frerre und im Arbeitsvertrag steht Rene Robespierre. Wir können davon ausgehen, dass beide Namen falsch sind. Der Hausmeisterservice schickt mir ein Foto von seinem Mitarbeiter aufs Handy und dann wissen wir mehr. Zur Sicherheit sollten wir aber noch bei dem Vermieter vorbeifahren."

In diesem Augenblick meldete sich Erics Handy.

Er sah drauf und stellte fest, dass es das erwartete Foto war. Sofort zeigte er es Samael, aber dieser schüttelte den Kopf.

"Den kenne ich nicht. Ich dachte erst, dass mir das Gesicht mit Sicherheit bekannt vorkommen würde. Aber den habe ich noch nie gesehen. Auf dem Weg hierher bin ich auch schon einmal die Liste durchgegangen und habe jetzt noch keine Anhaltspunkte. Der Name hört sich etwas Französisch an. Also glaube ich schon mal, dass wir alle nicht ähnlich klingende Namen von der Liste streichen können. Vielleicht benutzt er ja ein Anagramm. Wenn ich etwas Zeit habe, schaue ich mir alle Namen nochmal an."

Sie fuhren zum Vermieter und sprachen mit ihm. Er erkannte den Mann auf dem Foto und meinte, dass er ein vorbildlicher Mieter war. Die Miete kam pünktlich und die Nachbarn beschwerten sich nie über ihn. Auch rief er nie an, um sich zu beschweren. Damit war die Sache klar. Sie wussten jetzt, wie der Täter aussah. Es half ihnen nur nichts. Samael hatte diese Person noch nie gesehen. Er erinnerte sich jedenfalls nicht mehr an ihn. Zurück im Polizeirevier, nahm er sich direkt seine Liste vor, um den möglichen Täter zu finden. Nach einer halben Stunde war er damit fertig, aber nicht zufrieden.

19

In seiner Liste hatte Samael fünf Namen unterstri-
chen, von denen er glaubte, dass sie mit dem Täter in
Verbindung gebracht werden könnten.

"Also, diese fünf Namen kommen in Betracht. Es
sind die einzigen, die aus dem französischsprachi-
gen Raum sind. Und es sind die einzigen, denen ich
eine solche Planung und Geduld zugestehe. Wir
werden jetzt telefonieren und versuchen herauszufinden, ob diese Männer noch eingesperrt oder irgendwie wieder auf freiem Fuß sind."

Gerade als sie anfangen wollten, klingelte Erics
Telefon. Verwundert sahen sie sich an.

"Ja, Eric Haase am Apparat."

Während Eric telefonierte sahen ihn Samael und
Michael an.

Eigentlich konnte Michael ihnen nicht wirklich
helfen! Da er weder etwas mit den alten Fällen zu
tun hatte, noch ein Polizist war, würde er nirgendwo
Informationen bekommen. Ihm war aber nicht danach, nach Hause oder ins Büro zu gehen. Die Eindrücke und Informationen der letzten 48 Stunden
hingen ihm zu sehr nach. Er hoffte, dass es in Ordnung sei, wenn er einfach hier bleiben würde und
vielleicht konnte er ja doch noch helfen.

Erics Telefonat war nicht lang, sein Geschichts-
ausdruck dafür sehr. Als er aufgelegt hatte, kam er
direkt auf das Telefonat zu sprechen.

"Samael, das glaubst du nicht. Das war das Ministerium. Sie haben von Björns Tod erfahren und wollten Sven als Übergangschef einsetzen. Da dieser vorerst mal außer Gefecht gesetzt wurde, soll ich Björns Dienstgeschäfte solange übernehmen, bis sie sich entschieden haben, wer endgültig Björns Nachfolger wird. Das heißt, mir stehen jetzt alle Mittel dieser Dienststelle zur Verfügung, ohne dass ich erst jemanden fragen muss."

Es war Eric anzusehen, dass er sich darüber freute. Erst als ihm bewusst wurde, dass Sven im Krankenhaus war, war er wieder etwas geknickt.

"Weißt du, Samael, seit du uns verlassen hast, haben wir nie wieder jemanden in unserem Team Fuß fassen lassen. Jeder der uns zugeteilt wurde, hatte nach wenigen Wochen die Nase voll. Dann hat es Björn endlich aufgegeben. Wenn jetzt einer von uns die Leitung der Dienststelle übernimmt, dann haben wir kein Team mehr."

Erst jetzt wurde Samael klar, dass er seine Freunde damals im Stich gelassen hatte. Es berührte ihn, dass Eric so ehrlich zu ihm war. Sein Entschluss, den er am Vormittag getroffen hatte, wurde wieder stärker in ihm.

"Hör mal zu Eric, ich habe heute Morgen schon darüber nachgedacht, wieder in den Polizeidienst zurückzukehren. Meine Hoffnung war, dass Björn ein gutes Wort für mich einlegen würde, sodass ich hier wieder einsteigen kann. Nur was mache ich jetzt? Ich möchte nicht irgendwo hin! Wenn dann möchte ich wieder dieser Dienststelle zugeteilt werden."

Betretenes Schweigen machte sich zwischen Eric und Samael breit. Da räusperte sich Michael.

"Also, in der Sache könnte ich dir vielleicht helfen."

Beide sahen ihn an und wussten gar nicht, was er meinte.

"Ich habe da einen sehr guten Bekannten, der arbeitet in dem Ministerium, das für euch zuständig ist, und ich glaube, dass er auch etwas dort zu sagen hat. Er hat mich oft nach dir gefragt, da ich aber zum Schweigen verpflichtet bin, konnte ich ihm immer nur allgemeine Informationen geben. Wenn ich ihn jetzt anrufe, dann könnte es sein, dass du sehr schnell wieder hier arbeiten darfst. Soll ich?"

Völlig überrascht nickte Samael sofort.

"Natürlich, ruf ihn direkt an."

Samael reichte Michael das Telefon, doch der winkte ab.

"Nein, nein, ich werde ihn vom Handy aus anrufen. Dafür gehe ich vors Gebäude und werde noch ein paar Mal gut durchatmen. So langsam habe ich nämlich das Gefühl, dass mir hier alles die Luft abschnürt."

Michael stand auf und ging. Eric griff sofort zum Telefon und sagte dem Kollegen an der Pforte Bescheid. Danach fingen sie umgehend an, die zuständigen Vollstreckungsbehörden anzurufen.

Nach einer halben Stunde kam Michael zurück. Als er ins Büro kam, waren Samael und Eric noch am Telefonieren. Daher nahm er wieder auf dem Stuhl Platz, auf dem er zuvor gesessen hatte. Es dauerte noch einige Zeit, bis beide die Gespräche beendeten. Sie sahen sich an und schüttelten die Köpfe.

"Es ist die Nadel im Heuhaufen, also, den ersten, den ich auf der Liste hatte war Yves Ravquier. Den kann ich abhaken, der ist vor einem Jahr im Gefängnis gestorben. Der zweite, Jean de Chasseur, sitzt immer noch. Und das nervigste ist, das egal wo ich anrufe, erst einmal darüber diskutiert werden muss, ob ich berechtigt bin eine solche Auskunft zu bekommen. Soviel zur Zusammenarbeit. Wenn die uns brauchen bekommen wir alles, wenn wir etwas brauchen müssen wir betteln."

Zum ersten Mal sah Michael, das Eric richtig wütend werden konnte. Sein Kahl rasierter Kopf war knallrot geworden.

Damit war Eric durch, Samael sah ihn an und nickte.

"Mein Erster, Louis Bonin, ist ebenfalls noch inhaftiert. Der zweite, Patrick Leroy und der dritte, Robere Nespiere sind beide noch in psychiatrischen Einrichtungen. Wir haben also nichts. Alle anderen, die wegen mir aus dem Verkehr gezogen wurden, haben keinen Namen, der irgendwie mit den anderen beiden in Zusammenhang gebracht werden könnte. Und irgendwie habe ich das Gefühl, unser Täter möchte uns auf seine Spur bringen. Das heißt aber auch, dass er damit rechnet, dass wir ihm irgendwann auf den Fersen sind. Er wird sich auf unser Kommen vorbereitet haben."

Samael wollte sich die Haare raufen. Auch das Gesicht auf den Fotos kannte er nicht. Ja, es kam ihm ein wenig bekannt vor. Aber bei so vielen Menschen, die Samael in seinem Polizeidienst kennengelernt hatte, war es möglich, dass einige dabei waren, die sich ähnlich sahen. Er dachte über die Informationen nach, die er erhalten hatte. Allein die Taten waren schon so bestialisch, dass er von den fünfen eigentlich noch welche hätte ausschließen müssen. Eigentlich kam sogar nur einer in Frage, Nespiere. Ihn hatte er im zweiten Jahr festnehmen können. Damals wurde seine Dienststelle aufgrund der vielen erfolgreichen Ermittlungen gefragt, ob sie die belgischen Kollegen unterstützen könnten. Sie waren auf der Suche nach einem Mörder, der sich junge Frauen aussuchte und dann ermordete. Er war sehr zielorientiert. So waren seine Opfer hauptsächlich weibliche Touristen, die alleine unterwegs waren. Dann ließ er sich immer mindestens 6 Monate Zeit, bis er das nächste Opfer suchte. Auch ließ er sich Zeit beim Entführen und beim Entsorgen der Opfer. Da er immer sauber arbeitete und nie Spuren hinterließ, waren die Ermittlungsarbeiten zum Erliegen gekommen. Das Grausamste war jedoch seine Motivation. Er tötete, weil es ihm Spaß machte. Auch tötete er die Opfer nie auf die gleiche Weise und sexuell hatte er sich nie an ihnen vergangen. Wenn er so darüber nachdachte, konnte er schon glauben, dass er es war, auch wenn die Tathandlungen nicht die

Gleichen waren. Aber das saubere Arbeiten, die Brutalität und die Planung ähnelten sich. Nun ja, Nespiere war noch in staatlichem Gewahrsam und damit fiel er wohl aus dem Raster. Das war auch gut so. Nach Nespieres Festnahme, stellte sich erst das ganze Ausmaß seiner Taten dar. Nicht nur junge Touristinnen waren seine Opfer. Das Foto sah ihm nur minimal ähnlich. Dafür hätte er sich unters Messer legen müssen. Samael glaubte nicht, dass jemand einen solchen Aufwand auf sich nehmen würde, nur um sich zu rächen. Nur, was sollten sie jetzt machen?

Michael räusperte sich, erst da wurde den beiden wieder klar, warum er das Büro verlassen hatte.

"Und?"

Samaels Stimme war voller Erwartungen.

"Also, mein Bekannter hat anscheinend tatsächlich eine wichtige Position inne. Er sagte mir, dass er seit deinem Entschluss, den aktiven Polizeidienst aufzugeben, auf diesen Anruf gewartet habe. Du hattest zwar gekündigt, aber so wie es aussieht, haben sie dich in eine Art Sabbatjahr versetzt. Das heißt, dass du nie wirklich aus dem Dienst entlassen wurdest."

Samael stutzte.

"Wie kann das sein, hätten die mir das nicht sagen müssen?"

Michael zuckte mit den Schultern.

"Da bin ich überfragt, aber so wie es aussieht, können die das. Oder zumindest machen sie es einfach, ob sie es dürfen oder nicht."

Eric sah Samael an.

"Sag mal, Samael, hast du es jemals schriftlich bekommen, dass du kein Polizist mehr bist?"

Samael dachte nach. Es dauerte ein wenig bis er den Kopf schüttelte.

"Warum?"

"Na ja, wenn du aus dem Beamtenverhältnis entlassen wirst, erhältst du dies normalerweise auch schriftlich. Dir müsste eine Entlassungsurkunde zugestellt worden sein."

"Hm, ich habe keine Ahnung. Bestimmt habe ich etwas bekommen, aber zu dieser Zeit war ich nicht ganz bei mir. Wenn ich jetzt nach Hause fahren soll, um die Unterlagen zu holen, dann mache ich das nicht. Dafür ist keine Zeit."

Eric schüttelte den Kopf und Michael gleich mit ihm. Irritiert sah Eric Michael an.

"Warum schüttelst du den Kopf?"

"Weil ich zwar keine Ahnung hab, was da alles gelaufen ist, aber mein Kontakt sagte mir, dass du," er zeigte auf Eric, "in Kürze einen Anruf erhalten wirst."

Und wie zum Unterstreichen der Worte klingelte das Telefon. Eric sah aufs Display und sah eine Nummer aus Mainz. Verdutzt griff er zum Hörer.

"Haase, Kripo Wittlich."

Danach war er still. Das Gespräch dauerte mehrere Minuten und zum Schluss verließ Eric kurz das Büro und kam mit einem Briefumschlag zurück. Er nahm den Hörer wieder auf und bestätigte alles, was sein Gesprächspartner ihn fragte mit ja. Als er das Gespräch beendet hatte, nahm er den Umschlag und öffnete ihn. Darin waren ein Ausweis und eine Marke.

"Aber, das sind ja meine Sachen."

Samael war perplex.

"Ja, und stell dir vor, Björn hatte sie seit dem in der Schublade liegen. Niemand wusste davon, außer Björn und sein Kontakt im Ministerium."

Er deutete auf Michael.

"Anscheinend glaubten sie die ganze Zeit daran, dass du irgendwann wieder zurückkommen würdest. Allerdings wurde mir von diesem Kontakt, der mir übrigens noch nicht mal seinen Namen genannt hatte, gesagt, dass sie es nicht mehr lange hätten durchführen können. In einigen Monaten hätten sie dich tatsächlich aus dem Dienst entfernen müssen."

Alles was er jetzt gehört hatte, verwirrte ihn nur noch mehr. Wieso glaubte Björn an seine Rückkehr? Wer war Michaels Kontakt im Ministerium? Und warum zum Teufel glaubten alle, dass er wieder Polizist werden wollte?

Es war fast so, als könne Michael seine Gedanken lesen.

"Also ich glaube, ich bin dir ein paar Antworten schuldig. Wer mein Kontakt ist, kann ich dir nicht sagen. Er hat aber oft nach dir gefragt und er hat oft gefragt, ob du jemals wieder deine Tätigkeit bei der Polizei aufnehmen könntest. Da ich ja der Schweigepflicht unterliege, ist es schwierig auf solche Fragen zu antworten. Es war aber so, dass ich ebenfalls immer daran glaubte, dass du irgendwann zurückkehren möchtest. Deine Worte waren es, die mich davon überzeugten. Wenn du nicht von deinen schlimmen Erlebnissen berichtet hast, habe ich immer noch deine Euphorie für diesen Beruf gespürt. Daher glaube ich jetzt, dass meine Einschätzung dazu geführt hat, dass deine Entlassung in einen Dauerurlaub umgewandelt wurde."

Samael nahm seinen Dienstausweis und seine Kripomarke an sich und starrte sie an. Dann steckte er die Sachen ein.

"Na gut, dann bin ich wohl wieder dabei."

"Äh ja, du musst noch ein Formular unterschreiben" , Eric schob ihm einen Zettel zu, "und dann kannst du loslegen. Allerdings musst du, um eine Waffe zu tragen, erst noch mal neu eingewiesen werden. Nur eine kurze Auffrischung."

Samael freute sich, dass es so schnell gehen würde. Damit hatte er nicht gerechnet. Er unterschrieb den Wisch und schob ihn zu Eric zurück. Dieser faxte ihn gleich weg, dann steckte er diesen in einen Briefumschlag und schickte ihn per Post hinterher.

Gerade, als in ihnen ein wenig Freude aufkommen wollte, klingelten die Telefone. Sie schraken zusammen und fingen an zu lachen. Erst als sie die Gespräche annahmen, wurde ihnen wieder bewusst, wie schlecht die Lage in ihrem Fall war.

20

An Erics Apparat war Sven. Er hörte sich schlecht an, aber es musste wichtig sein, wenn er in seinem Zustand hier anrief.

"Geht sofort in den Einsatzraum und schaltet den Monitor ein. Die Kameras sind wieder an. Normalerweise müsstet ihr die noch da drauf haben. Ich hatte Anweisung gegeben, die Verbindungen nicht zu beenden. Es ist wichtig. Er hat neue Opfer, gleich zwei."

Eigentlich wollte Eric Sven noch fragen, wie es ihm ging, aber Sven hatte schon aufgelegt.

An Samaels Gesicht sah er, dass sein Gespräch ebenfalls beunruhigende Informationen erhalten hatte.

"Was ist los?"

Als Samael aufgelegt hatte, war es ihm anzusehen, dass er sehr aufgewühlt war.

"Das war Jeanette. Die Kinder sind nicht auffindbar. Sie gehen nicht an ihre Handys und keiner ihrer Freunde hat sie heute gesehen."

Eric und Michael waren schockiert. So schnell er konnte, löste sich Eric aus seiner Schockstarre und verließ das Büro. Er befürchtete das Schlimmste. Zeitgleich deutete er den beiden anderen an, ihm zu folgen.

Im Einsatzraum waren die Monitore schon an. Darauf zu sehen waren die zwei Stühle auf dem Boden des Schwimmbeckens. Aber es hatte sich etwas verändert. Auf den Stühlen saßen Menschen und das Becken füllte sich mit Wasser. Die Gefangenen saßen gefesselt auf den Stühlen und hatten je einen Sack über dem Kopf. Samael sah sofort, dass es seine Kinder waren. Am ganzen Körper zitternd drehte er sich zu dem Beamten um, der hier zuständig war.

"Können Sie mir sagen, wo das ist?"

Der Beamte schüttelte den Kopf.

"Tut mir leid Herr Förster, aber so weit sind wir hier noch nicht. Mein Kollege und ich haben direkt nach dem Anruf von Herrn Hayer mit dem Suchen angefangen. Es ist uns bisher nicht gelungen herauszufinden, wo es ist."

Samael drehte sich zu Eric und Michael um.

"Oh mein Gott, was machen wir jetzt?"

Auch Eric und Michael hatten dazu keine Antworten. Bevor sie sich entscheiden konnten irgendetwas zu tun, klingelte Erics Telefon erneut. Es war Sven.

"Hallo Eric, schalte mich laut, sodass die anderen beiden mithören können."

Eric tat das, was Sven ihm sagte.

"Hallo Samael, ich kann mir vorstellen, dass du jetzt sehr gestresst bist. Aber wir werden deine Kinder finden. Ja, ich weiß, dass es deine Kinder sind. Alles andere hätte keinen Sinn gemacht. Der Täter möchte dich und nur dich quälen. Mein Kontakt versucht schon herauszufinden, von wo die Bilder kommen und wir haben noch etwas Zeit. Seit ich es gesehen habe, bin ich am Berechnen, wie lange es dauern wird, bis das Wasser für deine Kinder gefährlich wird. Wir haben ungefähr fünf Stunden zur Verfügung, um deine Kinder aufzuspüren und zu retten."

Wie vor den Kopf gestoßen stand Samael im Zimmer. Er wusste nicht, wie er das Gehörte aufnehmen sollte. Während er so dastand, hatte Eric das Telefon wieder leise gestellt und sprach noch mit Sven.

"Wie hast du das alles in die Wege leiten können? Bist du nicht im Krankenhaus? Du wurdest doch vergiftet oder nicht?"

Sogar durch das Telefon spürte Eric, dass Sven lächelte.

"Ja, ich bin im Krankenhaus und ich bin in Quarantäne. Aber auch hier gibt es Laptops und Personal, die wissen, wie wichtig unsere Arbeit sein kann. Mir wurde ein Laptop vom Krankenhaus zur Verfügung gestellt und ich darf das WLAN nutzen. Der Arzt sagt, es spricht nichts dagegen, solange ich aufhöre, wenn ich mich wieder schlechter fühle. Außerdem sagt er, dass ich wieder komplett gesund werde. Aber jetzt zurück zu den Kindern, frag mal Samael, ob er die Telefonnummern der Kinder hat. Dann können wir versuchen, die Handys zu orten."

Eric drehte sich zu Samael.

"Sag mal, hast du die Handynummern deiner Kinder griffbereit?"

Samael nickte.

"Na, dann her damit, vielleicht kann Sven sie orten. Dann finden wir sie auch schneller."

Samael las Eric die Nummern vor und dieser gab sie direkt an Sven weiter. Es dauerte nicht lange, bis Sven etwas gefunden hatte.

"Also, die Telefone von beiden waren bis ca. 9.00 Uhr heute Morgen an. Das ist die Zeit, als die Kinder verschwunden sind. Der letzte Standort war im Bereich das Einkaufszentrum am Busbahnhof. Schaut euch dort mal um. Danach fahrt bitte zu Jeanette. Ich könnte mir vorstellen, dass sie von der Rolle ist."

Sven wartete gar nicht erst auf eine Antwort, sondern legte auf. Die drei machten sich auf den Weg. Es war nicht weit bis zum Busbahnhof, aber was sie genau suchen sollten war ihnen nicht klar. Als sie vor dem ehemaligen Bahnhofsgebäude standen, fiel Samael sofort etwas auf. An der Treppe standen zwei Rucksäcke herrenlos herum. Er glaubte, dass sie von seinen Kindern sein könnten. Aber warum waren sie noch nicht mitgenommen worden? Der Busbahnhof galt nicht gerade als sicheres Pflaster, egal was hier stehen oder liegen gelassen wurde, war sehr schnell wieder weg. Als sie näher getreten waren, sahen sie, warum sie noch da waren. Die Rucksäcke waren mit einem Fahrradschloss an das Geländer geschlossen. Aber auch die Lage sorgte dafür, dass sie nicht sofort ins Auge fielen. Samael wollte nach den Rucksäcken greifen, als Eric ihn davon abhielt.

"Ich glaube nicht, dass du die anfassen solltest.

Wir rufen besser das Bombenkommando. Ich habe so das Gefühl, dass das hier eine Falle für uns sein soll. Aber wie hat er das gemacht? Es muss doch aufgefallen sein, wenn jemand hier sich so zu schaffen gemacht hat."

Während Eric das Bombenkommando alarmierte, ging Samael, der sich wieder etwas mehr im Griff hatte, über den Busbahnhof. Zielstrebig ging er auf einen Bus zu.

"Hallo Sie, darf ich Sie etwas fragen?"

Der Busfahrer sah von seiner Zeitung auf.

"Wenn es sein muss."

Samael nickte.

"Wie oft am Tag stehen Sie hier und warten auf die Weiterfahrt?"

Der Busfahrer überlegte.

"Meistens morgens wenn die Schülerfahrten vorbei sind. Dann können wir eine kleine Pause machen und mittags um diese Zeit, bevor die Schüler wieder nach Hause fahren. In den Ferien ist es etwas anders, aber nicht viel. Warum?"

"Sehen sie den Mann da drüben?"

Der Busfahrer nickte.

"Er und ich sind von der Kripo, wir suchen zwei vermisste Kinder und vermuten, dass sie heute Vormittag hier waren. Dort drüben stehen noch ihre Rucksäcke."

Jetzt grübelte der Fahrer. Anscheinend versuchte er sich daran zu erinnern, ob er etwas gesehen hatte. Plötzlich hellte sich sein Gesicht auf.

"Also Kinder habe ich nicht gesehen, aber als ich heute Morgen meine Pause machte, saß dort ein Mann, der sich am Gebüsch und am Geländer zu schaffen machte. Ich dachte schon, dass der aber früh besoffen wäre, weil er so eigenartig schwankte. Als ich nach der nächsten Tour zurück kam war, er verschwunden. Mehr kann ich dazu nicht sagen."

Samael überlegte kurz. Er zog sein Handy aus der Tasche und öffnete das Foto des mutmaßlichen Täters.

"Sah der Mann vielleicht so aus?"

"Ja genau."

"Vielen Dank, Sie haben uns sehr geholfen."

Als Samael zurück zu Eric kam, ahnte er, dass Eric vorhin Recht gehabt hatte. Die Rucksäcke waren deponiert worden, um ihn oder einen seiner Kollegen in die Falle zu locken. Sie warteten auf das Entschärfungskommando, das zufällig in der Nähe war, da sie an einer Übung teilnahmen. Innerhalb weniger Minuten war dem Experten klar, dass die Rucksäcke eine Sprengfalle enthielten. Die Entschärfung dauerte ein wenig.

"Also Eric, eins ist klar. Er wusste, dass wir früher oder später hierher kommen würden. Auch nahm er es in Kauf, dass Unbeteiligte geschädigt werden. Ich glaube, er wollte uns damit ablenken. Wenn ich den Busfahrer dort richtig verstanden habe, war nur unser Täter hier, meine Kinder aber nicht. Er muss sie schon vorher entführt haben. Aber warum hat er sich solange Zeit gelassen? Kann es sein, dass er immer noch weiß, was wir machen? Bekommt er immer noch mit, was wir alles über ihn wissen? Und wenn ja, wie schlimm ist es?"

Auch wenn Samael gefasst wirkte, so kannte Eric ihn schon sehr lange. Er wusste, dass es ihn innerlich auffraß.

"Lass uns zu deiner Ex-Frau fahren. Vielleicht können wir den Weg deiner Kinder rekonstruieren."

Sie gingen zurück, setzten sich ins Auto und fuhren zu Jeanette. Samael grübelte etwas, aber er entschied sich dafür, dass Jana besser auch mit zu Jeanette kommen sollte. Er schrieb ihr eine Nachricht mit der Adresse und bat sie so zügig wie möglich zu kommen.

Kaum war das Auto mit den Dreien in die Auffahrt gefahren, kam Jeanette schon aus dem Haus gerannt.

"Habt ihr sie gefunden?"

Samael schüttelte den Kopf. Eric übernahm das Sprechen. Er wusste, dass es Samael jetzt nicht möglich war. Zu sehr stresste ihn diese Situation.

"Nein, aber unsere besten Männer arbeiten daran, sogar Sven hilft mit und das aus der Quarantänestation im Krankenhaus. Wir werden eure Kinder finden. Ach übrigens, Samael wurde reaktiviert. Seit heute Morgen darf er wieder eine Dienstmarke tragen."

Eric wusste, warum er das erwähnte. Der Blick von Jeanette, wie sie Samael jetzt ansah, wirkte hoffnungsvoll. Samael jedoch wirkte wie ein Schulkind,

135

das bei einer Untat erwischt wurde.

"Wir müssen kurz alles durchgehen, an das du dich noch erinnerst. Was war mit den Kindern heute Morgen?"

Jeanette begann hastig zu erzählen.

"Also heute Morgen sind die beiden wie immer aus dem Haus gegangen, um zur Schule zu fahren. Als ihr dann wieder weg wart, habe ich sofort versucht, sie anzurufen. Beide Handys waren aus. Der Anruf in der Schule ergab, dass die beiden nicht angekommen waren. Daraufhin bat ich das Sekretariat, dass sie Schüler aus dem Ort befragen sollten, ob sie im Bus waren oder ob sie überhaupt gesehen worden waren. Es dauerte eine gefühlte Ewigkeit, bis die Schule zurückrief. Die Nachricht war schlecht. Niemand hatte die beiden gesehen. Die Freunde von den beiden sind davon ausgegangen, dass die beiden krank sind. Dann habe ich sofort Samael auf dem Handy angerufen und sehr lange auf euch gewartet. Wo sind meine Kinder? Wisst ihr überhaupt schon etwas?"

Die Fragen waren berechtigt und Eric versuchte Jeanette so sanft wie möglich, alles zu erklären, was sie bisher wussten. Doch das war Zuviel für sie. Sie viel in Ohnmacht.

21

Celine und Jasper waren morgens wie immer zur gleichen Zeit aus dem Haus gegangen. Der Weg zum Bus war nicht weit. Es gab einen kleinen Schleichweg, so dass sie es nicht eilig hatten. An diesem Morgen wurde ihnen ihre Hilfsbereitschaft zum Verhängnis. Am Ende des Schleichweges sahen sie einen älteren Mann, der um Hilfe rief. An dieser Stelle war zu dieser Uhrzeit niemand. Also liefen die beiden schnell auf den Mann zu. Von weitem sahen sie zwei Beine vor dem Mann auf dem Boden liegen und vermuteten, dass dort eine bewusstlose Person lag und der Mann nicht wusste, was zu tun war. Als sie die Stelle erreicht hatten, hatten sie nicht die Zeit, sich über das Bild, das sich ihnen bot nachzudenken. Der Mann zog eine Pistole und hielt sie Jasper an den Kopf.

”Wenn ihr nicht macht, was ich sage, jage ich dir direkt eine Kugel in den Kopf. Bevor ihr auf die Idee kommt, irgendeinen Blödsinn zu machen, seid euch bewusst, dass ihr nicht die ersten seid, die durch mich ihr Leben verlieren.”

Der Mann deutete auf einen Wagen, der in der Nähe stand.

”Öffne die Tür!”

Celine gehorchte. Mit der Waffe deutete der Mann in den Wagen.

”Da rein! Dort hin, Hand heben!”

Während er mit der Waffe immer noch auf den

Kopf von Jasper zielte, fesselte er mit einer Handschelle Jasper ans Auto. Er hatte alles akribisch vorbereitet. An dem Auto hatte er die Handschellen schon vorher befestigt. Nun musste er nur noch jeweils eine Hand fesseln und die Kinder konnten nicht mehr fliehen. Die Angst in ihren Gesichtern war deutlich zu sehen. Wahrscheinlich dachten die beiden, dass sie einem Pädophilen in die Hände geraten seien. Sie wussten ja nicht, dass sie nur Mittel zum Zweck waren. Zumindest jetzt noch nicht.

Celine überlegte die ganze Zeit, was sie machen könnte, um dieser Situation zu entkommen. Aber der Mann mit der Waffe fesselte beide schnell und machte keine Fehler. Ihre letzte Hoffnung waren die Handys. Sie wusste, dass ihre Eltern und die Polizei sie orten konnten. Als sie das Handy bekommen hatte, beschwerte sie sich, weil Mama und Papa das Programm zur Ortung auf den Handys haben wollten. Jetzt war sie froh darüber. Aber ihre Euphorie hielt nur kurz. Kaum waren sie gefesselt, durchsuchte der Fremde sie. Es war unangenehm und er fand die Telefone. Die Rucksäcke nahm er ihnen ebenfalls weg. Jasper und Celine sahen sich an. Sie wunderten sich, warum er sie nicht knebelte. Als er die Tür geschlossen hatte, unterhielten sie sich leise.

"Was glaubst du passiert mit uns?"

Jasper, der ein Jahr älter war als seine Schwester, zuckte mit den Schultern.

"Wenn wir Glück haben, nimmt er die Handys mit und die Polizei kann uns orten. Für den Fall dass

138

er die Handys entsorgt, können wir nur hoffen, dass irgendjemand etwas mitbekommen hat. Ansonsten wird der Rest unseres Lebens bestimmt nicht mehr schön sein."

Obwohl er nach außen ruhig und abgeklärt wirkte, spürte Celine, wieviel Angst er hatte.

Der Grund warum er auf Knebel verzichtete, war, dass der Entführer gleich ein Betäubungsgas in den Laderaum leiten würde. Für ihn war es wichtig, dass die beiden gleich sehr ruhig waren. Sonst würde er seinen Plan nicht umsetzen können.

In seinem Versteck angekommen, nahm er die Rucksäcke und präparierte sie. Die Kinder ließ er im Auto liegen. Dort störten sie im Moment nicht. Immer wieder kontrollierte er die Kinder. Er wollte nicht, dass sie seinen Plan vermasselten. Sie durften nicht sterben, jedenfalls jetzt noch nicht. Ob sie den Tag überleben würden, lag an ihrem Vater und daran, wie gut er und seine Ex-Kollegen waren. Einen hatte er ja schon außer Gefecht gesetzt. Vielleicht würde er heute noch einen aus dem Weg räumen. Einige Zeit später saß er an der Treppe des Busbahnhofs und befestigte die Rucksäcke an dem Geländer, immer darauf bedacht, dass der Busfahrer ihn gut sehen konnte. Er hoffte darauf, dass diese Information die Polizisten unvorsichtig machte. Als letztes schaltete er die Handys der Kinder aus und verstaute sie ebenfalls in den Rucksäcken. Kollateralschäden waren zu dieser Zeit ein wichtiges Mittel, um die Truppe um Förster zu schwächen. Seinen Gegnern hatte er einige Brotkrumen hingeworfen. Die Handys, die Rucksäcke und die Kameras am Schwimmbecken. Diese hatte er mit Absicht kurz angemacht, er wusste, dass sie seine Wohnung entdeckt hatten und er ahnte, dass sie von seinen Kameras wussten. Mittlerweile mussten sie schon ahnen, worum es ging. Aber, und da war er sich sicher, sie wussten noch nicht warum. Seinen Namen hatten sie bestimmt noch nicht herausgefunden. Das war an seinem Plan das Meisterstück gewesen. Niemand ahnte, dass er aus dem geschlossenen psychiatrischen Gefängnis geflohen war.

In seinem letzten Versteck angekommen, bereitete er direkt seinen letzten Akt vor. Die Kinder schliefen noch im Auto, die Rucksäcke waren positioniert und das Haus mit dem Schwimmbad war noch nicht entdeckt worden. Er packte alles in seinen Transporter was er noch benötigte. Einige Dinge ließ er hier. Sehr lange konnte es nicht mehr dauern, bis sie auch diesen Unterschlupf fanden. Damit sie noch etwas mehr verunsichert wurden, ließ er etwas DNA zurück, die er gesammelt hat. Es war schon ein Vorteil, als Hausmeister zu arbeiten. Der Zugang zu Kleidung, Haaren und Essensresten half ihm die Spur noch mehr durcheinander zu bringen.

Das Haus mit dem Pool lag etwas außerhalb von Wittlich. Die Einfahrt lag hinter hohen Büschen, und er hatte den Code für das elektrische Garagentor. Ohne von irgendjemandem wahrgenommen zu

werden, stellte er seinen Transporter, in die Garage.
Bevor er die Kinder in Position brachte, überprüfte
er die Kameras und die Räumlichkeiten. Zu leicht
sollte es die Truppe um Förster ja auch nicht haben.
Zum Schluss überprüfte er noch die Fesseln an den
Stühlen und die Verankerungen im Boden. Das war
das einzig Knifflige an seinem Plan. Es hatte ihn
einige Zeit gekostet, herauszufinden, wie er die
Stühle am Boden befestigen konnte, ohne dass Becken undicht zu machen. Ein einfacher Fliesenkleber
war ausreichend. Er hatte die Stühle schon vor Tagen dort hingebracht und am leeren Poolboden ver-
klebt.

Es machte ihm keine Sorgen, dass das Haus zum
Verkauf stand. Lang hatte er suchen müssen bis er
ein geeignetes Objekt gefunden hatte. Dann hatte er
dafür gesorgt, dass für die nächsten Tage keiner
mehr dieses Haus betreten würde. Auch wenn seine
Kaufabsichten nur vorgetäuscht waren. Die Makle-
rin glaubte ihm. Zurzeit sorgte er mit dem Verspre-
chen um die Prüfung des Kaufvertrages dafür, dass
niemand herkam. Es amüsierte ihn.

Nacheinander trug er die Kinder in den Pool. Sie
waren schon groß, und es machte ihm einige Um-
stände, die schlaffen Körper zu tragen. Aber es war
die Mühe wert. Das wusste er. Erst den Jungen, dann
das Mädchen. Mit Ketten fesselte er sie an den Stühlen. Die Ketten führte er zu Ringösen, die in schweren Betonklötzen am Boden festgeklebt waren. Alles
was er in den Jahren seiner Haft erlebt hatte, kam in

ihm hoch, als er die Ketten der Kinder verschweißte. Dass war das Schönste an seinem Plan. Selbst wenn sie gefunden würden, so war es fast unmöglich, die Kinder einfach zu befreien. Da musste schon schweres Gerät beigeschafft werden. Er hatte noch überlegt, sie mit einer weiteren Kette unter der Kleidung zu fesseln, hatte sich aber dann dagegen entschieden. Die Kinder zu entkleiden und wieder anzuziehen war ihm dann doch zu viel Aufwand. Auch wenn das hieße, dass nur zwei Ketten pro Kind gelöst werden mussten. Aber er hoffte, dass Förster sich entscheiden musste und vielleicht nur einen oder keinen retten könne.

Als er fertig war, sah er sich sein Werk noch einmal an. Er war zufrieden. Nun setzte er sich an den Beckenrand. Dieser war nur wenige Zentimeter über den Köpfen der Kinder. Wenn sie ertranken, dann nur knapp unter der Wasseroberfläche. Das würde die Situation schön spannend machen. Nachdem die Kinder nicht mehr dem Gas ausgesetzt waren, kamen sie langsam wieder zu sich. Erschrocken sahen sie sich um.

"Was ist hier los?"

Jasper ahnte, in was für eine ausweglose Lage sie geraten waren. Er sah ihren Entführer an und merkte, dass dieser ihn anlächelte.

"Nun mein Junge, ihr beide werdet jetzt ein Bad nehmen. Über diese Kameras", der Unbekannte deutete auf die Kameras in den Ecken, "werden eure Eltern zusehen, wie ihr hier um euer Leben kämpfen

142

dürft."

Schockiert sah Jasper sich schnell um.

"Unser Vater wird uns finden."

Der Mann lachte jetzt.

"Das hoffe ich für euch, wenn er nicht selbst drauf geht. Jeden Moment müssten er und sein ehemaliger Kollege eure Rucksäcke finden. Wenn er unbedacht ist, wird ihn der Sprengstoff darin umbringen. Wenn nicht, habt ihr vielleicht noch eine Chance."

Der Fremde kam noch einmal zu ihnen, um jedem einen Sack über den Kopf zu ziehen.

"Es muss doch spannend bleiben!"

Nun verließ er das Schwimmbecken. Kurz bevor er den Raum verließ, drehte er sich noch einmal um.

"Ach so, ich wollte die Heizung nicht einschalten, es wird also nicht nur nass, sondern auch kalt."

Er verließ den Raum. Jasper und Celine hörten, wie er sich im Nachbarraum zu schaffen machte und plötzlich schoss Wasser aus dem Zulauf. Beide fingen an zu schreien.

Der Entführer verließ das Gebäude. Selbst in der Garage war das Schreien der Kinder noch zu hören. Er wusste, dass es jetzt unerheblich war, ob jemand die Kinder hören würde. Bis jemand sie fand, konnte es bereits zu spät sein. Bevor er den Wagen startete, nahm er sein Tablet in die Hand und schaltete die Kameras ein. Ab jetzt lief die Zeit. Er öffnete das Tor und lenkte den Wagen auf die Straße. In einem großen Bogen fuhr er durch den Ort und stellte den

Kleinbus in einer Parallelstraße ab. Dort hatte er in einem weiteren leerstehenden Haus eine Beobachtungsstation eingerichtet, und in dieser Straße stand sein Fluchtwagen. Diesen hatte er vor Monaten schon dort abgestellt, als er das Haus mit dem Pool entdeckt hatte. Regelmäßig hatte er ihn bewegt, so dass die Anwohner glaubten, das Auto gehöre einem Nachbarn. Den Bus stellte er jetzt einfach ab. Alles an Beweismittel ließ er zurück inklusive der Maske, die er zeitweise getragen hatte. Er wusste, dass diese Maske tausendfach verkauft worden war. Eigentlich war sie eine Sackgasse, aber darin befand sich seine DNA und er wollte, dass Förster sie fand. Er wollte, dass Förster wusste, wer ihm das alles angetan hatte. Aber jetzt legte er sich erst einmal auf Beobachtung. Mit Fernglas und Tablet, damit er nichts verpasste. Er wusste, dass sein Zeitfenster sehr klein sein würde, sobald die Polizei das Poolhaus gefunden hatte. Dieses Risiko ging er aber gerne ein. Er wollte sehen was passierte. Jetzt hieß es für ihn warten.

22

Als Jeanette wieder zu sich kam, waren Samael und Eric in ein Gespräch vertieft. Sie konnte nicht verstehen, worum es ging, glaubte aber die Namen ihrer Kinder zu hören.

"Was ist los? Habt ihr irgendetwas gehört?"

Gerade als Eric antworten wollte, vibrierte sein Handy. So schnell er konnte, zog er es aus der Hosentasche und wusste sofort was passiert war. Wenige Sekunden später klingelte Samaels Handy.

"Ja, hallo Sven, wie geht es dir?"

"Dafür haben wir keine Zeit, meine Suche läuft permanent ins Leere, egal was ich mache. Egal wie oft ich die Suche starte, schmeißen mich die Proxyserver irgendwann wieder raus. Neo hat sich noch nicht gemeldet und so langsam wird es brenzlig. Wir müssen endlich zu Ergebnissen kommen."

"Das wissen wir auch. Zurzeit sind wir bei Jeanette. Wir haben versucht, den Tag der Kinder zu rekonstruieren. Bis jetzt wissen wir nur, wann sie ihr zuhause verlassen haben und dass sie nicht am Bus angekommen sind. Als nächstes gehen wir den morgendlichen Weg ab. Aber was sagt dir dein rationales Denken?"

"Also ich glaube, dass der Täter sich ein freistehendes Haus in der Umgebung gesucht hat. Wahrscheinlich gehört es zu den wenigen, die so teuer sind, dass sie eine gewisse Zeit auf dem Markt sind und nicht so oft besichtigt werden. Immerhin brauchte er ja Zeit zum Vorbereiten. Außerdem muss er sich sicher sein, dass nicht gerade heute jemand da ohne Vorwarnung reinplatzt. Da ich ja nicht weg kann, werde ich einige Telefonate führen. Du kannst dir aber sicher vorstellen, wie mühsam das sein wird. Es ist sprichwörtlich die Suche nach der Nadel im Heuhaufen. Im Internet bin ich schon am suchen. Bis später."

Sven legte auf. Samael drehte sich zu Eric, da er das Handy auf laut stehen hatte, hatten die anderen alles mitbekommen. Jeanette brauchte noch etwas, um wieder voll da zu sein. Diese Zeit nutzen die beiden anderen, um den Weg der Kinder nachzuvollziehen. Michael blieb in der Zeit bei Jeanette und versuchte sie aufzubauen. Alle Ideen waren jetzt wichtig, egal wie absurd sie waren.

Ohne zu reden gingen Samael und Eric den Weg der Kinder zum Bus ab. Bis zu diesem Moment war Samael nicht klar gewesen, wie einsam dieser Weg war. Zwischen Feld und Hecke wurde man nicht gesehen. Zwar kamen hin und wieder Jogger oder Spaziergänger mit Hund hier entlang, aber nicht zu der Zeit, wenn seine Kinder zur Schule gingen. Als das Ende des Pfades zu sehen war, wurde Samael schneller. Irgendwie hatte er das Gefühl, dass dort vorne auf der Straße etwas auf ihn wartete. Kaum kamen sie zur Straße fiel ihnen etwas auf. Ein älterer Mann und zwei Kinder standen in der Nähe und betrachteten etwas, das auf dem Boden lag. Als sie sich der Gruppe näherten, hörten sie, dass die Jungs mit dem älteren Mann diskutierten.

"Aber warum? Das ist doch wertloser Schrott."

Es war dem Jungen anzusehen, dass er sauer war.

"Es könnte aber sein, dass das hier für jemanden wichtig ist, zum Beispiel für die Polizei. Oder glaubt ihr die Puppenbeine liegen hier nur so auf dem Boden? Und ich habe übrigens die Polizei schon angerufen. Sie schicken jemanden vorbei. Solange bleibt das Ding hier liegen!"

Auch der Mann wurde wütend und sauer. Es war ihm anzusehen, dass er keine Nerven mehr hatte, um sich mit diesen Gören zu zanken.

"Hallo, können Sie mir sagen, was hier los ist?"

Eric, der während er auf die Gruppe zuging, schon seinen Dienstausweis gezückt hatte, zeigte ihn dem Erwachsenen.

"Ah gut, da ist ja die Polizei."

Sofort wurden die Jungs ruhig. Beide sahen Eric mit großen Augen an. In solchen Momenten genoss Eric es, eine solche Figur zu haben. Die meisten Menschen hatten sofort Respekt vor ihm, sogar ohne dass er seinen Ausweis zeigen musste.

"Also, ich habe gerade gesehen, dass hier diese Puppe auf der Straße lag. Diese Jungs wollten sie schon einsammeln, da hab ich mich eingemischt. Und dann habe ich noch etwas für sie. Ich stehe morgens immer sehr früh auf, auch heute Morgen. Da ist mir ein weißer Bus aufgefallen, der hier an der Straße geparkt hatte. Normalerweise steht hier um diese Zeit aber kein Auto. Hier gibt es nichts, weshalb jemand hier parken müsste. Allerdings habe ich mir darüber heute Morgen noch keine Gedanken gemacht. Erst als ich eben die Puppe hier liegen sah. Es wirkte sehr eigenartig auf mich. Deshalb habe ich die Polizei angerufen. Zuerst habe ich befürchtet, dass mich die Polizei nicht ernst nehmen würde. Als ich aber erzählt habe, wo ich bin und was ich hier gefunden habe, sagte mir die Dame am Telefon, dass sie sofort jemanden hierher schicken würde. Dass so schnell jemand kommt, damit habe ich nicht gerechnet."

Eric nickte.

"Sie haben genau richtig gehandelt. Wir wurden aber nicht hierher gerufen. Mein Kollege und ich untersuchen eine Entführung und so wie es aussieht haben wir gerade die Stelle gefunden, an der diese stattgefunden hat."

In diesem Moment klingelte sein Telefon.

"Ja, ... ah hallo Sofia, ... ja ich weiß, wir sind gerade vor Ort. Wir haben den Mann auch schon gesprochen. Hast du die Spurensicherung schon losgeschickt?"

Eric nickte noch ein paar Mal, obwohl er wusste, dass ein Gesprächspartner ihn nicht sehen konnte, dann legte er auf.

"So, das war der Anruf meiner Kollegin, der uns hierher geführt hätte. Haben Sie hier etwas angefasst?"

Der Alte und die Kinder schüttelten sofort den Kopf.

"Das ist gut. Dann können unsere Techniker vielleicht etwas rausfinden."

Einige Minuten später kam ein Fahrzeug die Straße entlang und hielt genau vor ihnen

"Gut, dass ihr da seid. Packt die Puppe ein und versucht alles herauszufinden, was möglich ist. Wessen Puppe das ist brauche ich euch bestimmt nicht zu sagen."

Die Spurensicherer nickten und machten sich sofort an die Arbeit. Ihr Vorgesetzter hatte ihnen gesagt, um was es sich wahrscheinlich handelte, und da sie Samael hier gesehen hatten und auch wussten, wie er aussah, war ihnen sofort klar, dass das die Puppe des Entführers war. Sie rasten so schnell wie möglich zurück ins Labor. Auch sie wollten helfen, die Kinder ihres Kollegen zu finden.

Gerade als sich Eric von dem älteren Mann verabschieden wollte, hob dieser nochmal die Hand.

"Ah, gerade ist mir noch etwas eingefallen."

Eric starrte den Mann an.

"Da hier so wenige Autos stehen und es ein interessantes Kennzeichen hatte, habe ich es mir gemerkt."

Samael war ungeduldig, und der alte Mann ließ sich Zeit beim Denken.

"WIL-LI 55, lautet es, das konnte ich mir so gut merken, da ich Willi heiße und 55 geboren bin. Darüber habe ich mich gefreut und es deshalb behalten. Vielleicht hilft ihnen ja diese Information."

Eric rief sofort im Präsidium an und ließ das

Kennzeichen überprüfen. Natürlich war der Wagen auf Pierre angemeldet. Da es keine Videoüberwachung gab, musste die Fahndung nach diesem Auto verstärkt werden. Es wurde schon nach diesem Auto gesucht. Kaum wussten sie davon, wurde der Wagen zur Fahndung ausgeschrieben. Eric gab im Präsidium Anweisung, dass noch mehr Polizei auf die Straßen geschickt wurde. Ihm war klar, dass zu wenig Streifenpolizisten im Dienst war. Also rief er die Bereitschaftspolizei zu Hilfe. Noch war es möglich, die Kinder lebend zu finden und zu retten.

Samael und Eric machten sich wieder auf den Rückweg. Während der ganzen Zeit, als sie an der Straße standen, hatte Samael nicht ein Wort gesagt. Eric sah ihn fragend an.

"Was ist los?"

"Ich mache mir Sorgen, erst jetzt, als ich die Sache hier gesehen habe, wurde mir klar, dass das hier alles andere als gut ausgehen kann."

Eric nickte. Der Weg zurück zum Haus von Samaels Ex-Frau kam ihnen nun länger vor als der Hinweg. Dort angekommen stellten sie sofort fest, dass es hier nichts Neues gab. Sie setzten sich in die Küche, um zu überlegen, wie sie weiter vorgehen sollten.

"Was können wir noch machen? Wir wissen alles und doch nichts. Das ist total Kacke!"

Eric überlegte, ob er darauf etwas sagen sollte, entschied sich dann aber dagegen. Gerade als Samael weiter sprechen wollte, kam Michael in die Küche.

"Jeanette ruht sich noch etwas aus. Bevor sie sich hingelegt hat, hat sie noch mit einer Freundin gesprochen. Die ist in der Immobilienbranche in Wittlich tätig und hört sich mal um."

Samael nickte.

"Ja, das war bestimmt Anja. Sie waren schon in der Schule Freundinnen. Wenn jemand schnell etwas herausfinden kann, dann sie. Irgendwie hat sie einen Riecher für gute Geschäfte und auch andere Dinge, die wichtig sind."

Samael hatte eine Idee. Auch er hatte eine Person in Wittlich, die ihm und seiner Ex-Frau helfen könnte. Er nahm das Handy heraus und rief Jana an.

Eric fand die Idee ebenfalls gut. Er war sich sicher, dass Jana eine Hilfe war. Auf jeden Fall hoffte er, dass er sie auch kennenlernen konnte. Immerhin hatte Samael ihm schon viel über diese Frau erzählt.

23

Als es an der Tür klingelte, sprang Eric sofort auf.
Jana interessierte ihn, es ging ihm nicht um das Aussehen oder ob sie als Partnerin in Frage käme. Eric
wollte mehr über diese Frau wissen, die sich somit
Spiritualität auseinander setzte. Von Samael hatte er
einiges erfahren, aber nicht genug.

Im selben Moment erschien Jeanette wieder im
Wohnbereich.

"Wer ist das?"

Samael war etwas unwohl dabei. Er hatte seiner
Frau nicht viel von Jana erzählt. Sonst hätte er auch
erklären müssen, warum er so oft Kontakt mit ihr
hatte. Ihm war bewusst, dass Jeanette dachte, dass
zwischen ihm und Jana etwas lief. Von seiner Gabe
wusste Jeanette schließlich nichts und als er die ersten Male zu den Tagungen fuhr, war es immer im
Dienst gewesen. Später war er dann auch ohne
dienstlichen Auftrag dorthin gefahren. Zu viel hatte
er bei den Gesprächen mit Jana und ihrem Mann für
sich mitnehmen können. Auch Janas Mann Koa Sulamai war oft bei den Konferenzen und auch später
bei den gemeinsamen Gesprächen dabei gewesen. Es
war eine Freundschaft zwischen ihm und den Sula-
mai´s entstanden. Trotzdem wollte er bis heute nicht,
dass Jeanette sie auch kennenlernt. Er hatte ja keine
Ahnung, wie sie auf seine Gabe reagieren würde.
Jetzt fühlte er sich immer noch nicht gut dabei, aber
schlimmer, als es jetzt sowieso schon war, konnte es

ja kaum werden. Jeanette hielt nicht viel von ihm. Dass konnte auch Jana nicht verschlimmern. Aber Jana konnte seiner Ex-Frau vielleicht etwas Unterstützung anbieten.

Jana betrat ohne Aufforderung das Haus. Samael bewunderte sie dafür, dass sie so vor Selbstbewusstsein strotzte.

"Hallo, ich bin Jana, Samael hat mich angerufen und meinte, ich kann hier helfen."

Es war still im Haus. Man hätte eine Nadel fallen hören können. Eric war begeistert. Er war immer davon fasziniert Menschen kennenzulernen, die etwas Besonderes an sich hatten.

"Hallo, ich bin Eric."

Jana lächelte.

"Ah, das habe ich mir schon gedacht. Samael hat mir schon viel von dir erzählt. Er hat nicht übertrieben. Du bist höflich und sehr gut aussehend."

Eric wurde rot.

"Das hat er über mich erzählt."

Jana nickte.

"Na ja, eigentlich hat er mir von euch allen erzählt. Wenn ich in eure Gesichter schaue, hat er von mir wohl nicht viel erzählt."

Sie blickte Samael an.

"Du weißt, was ich davon halte. Du hättest wenigstens ein bisschen von mir erzählen können. An dem Gesicht deiner Ex-Frau sehe ich, dass sie am wenigsten über mich weiß."

Jeanette sah sie immer noch irritiert an. Jana wirkte auf sie mehr wie eine sich sorgende Mutter als eine erfolgreiche Wissenschaftlerin. Ihr war klar, wenn eine Frau dieses Alters sich einen solchen Namen gemacht hat, dann war das kein leichter Weg. Sie wusste gar nicht, wie sie sich verhalten sollte. Jana dafür umso mehr.

"Wie sieht es mit einem Kaffee aus? Ich habe etwas vom Bäcker mitgebracht."

Mit ihrer einnehmenden Art brach Jana das Eis. Michael und Jeanette setzten sich mit Jana an den Esstisch, während Samael den Kaffee machte. Eigentlich war keinem wirklich zum Kaffee trinken zumute. Immerhin suchten sie immer noch Jeanettes und Samaels Kinder. Aber was sollten sie anderes machen während sie warteten. Gerade als sie sich hinsetzten, um sich zu unterhalten, klingelte Erics Telefon erneut. Er verließ kurz das Haus.

24

"Hallo Sven, was ist los? Hast du etwas herausgefunden?"

"Mehr oder weniger, kannst du dafür sorgen, dass Samael erstmal nichts von diesem Gespräch mitbekommt?"

Eric sah sich um Samael war mit Michael im Gespräch über sein früheres Leben vertieft. So wie es aussah, hatte er nicht mitbekommen, dass er einen Anruf bekommen hatte. Langsam und sehr leise verließ Eric die Küche, ging durch das Wohnzimmer auf die Terrasse. Hier war er allein.

"Also, was ist los?"

"Nun, die Sache ist sehr heikel. Ich wurde gerade von den Kollegen in Belgien angerufen. Erinnerst du dich an die Namen der möglichen Täter?"

"Ja, aber uns wurde gesagt, dass die entweder noch sitzen oder tot sind."

"Hmm, genau hier ist das Problem. Der Kollege, der angerufen hat war sehr aufgewühlt. Nachdem ihr dort angerufen habt, haben sie den Gefangenen, nachdem ihr gefragt habt, nochmal genauer unter die Lupe genommen. Dazu muss gesagt werden, dass der Häftling schon seit Jahren unter Beruhigungsmitteln steht. Das ist auch der Grund, warum sie angenommen hatten, dass er noch der besagte Gefangene sei."

Eric unterbrach Sven.

"Halt, halt, willst du damit sagen, dass es einer

dieser Täter doch geschafft hat, raus zu kommen?"

"Genau das!"

Eric sog die Luft tief ein.

"Oh, Scheiße!"

"Das kannst du laut sagen. So wie es aussieht, gab es einen anderen Gefangenen, der unserem Täter sehr ähnlich sah. Irgendwie muss er es geschafft haben, dass er mit diesem den Platz tauschen konnte. Ich persönlich vermute, dass er Hilfe hatte. Auf jeden Fall ist er weg und da der andere permanent sediert wurde, konnte er nicht darauf aufmerksam machen."

"Von wem reden wir denn jetzt?"

"Es ist Roberé Nespiere. Du kannst dich bestimmt daran erinnern. Damals war es überall in den Nachrichten."

Eric schluckte erneut.

"Ja, ich kann mich daran erinnern und mir ist auch klar, dass wir uns sehr beeilen müssen. Es wird Zeit, dass wir herausfinden, wo die Kinder sind!"

"Ich weiß. Meine Kontakte sind dran. Es ist aber unheimlich schwierig, die Kameras zu lokalisieren. Wir tun unser Bestes. Wie wirst du es Samael erzählen?"

"So sanft wie möglich!"

Sie legten auf. Es dauerte noch eine Weile, bis Eric wieder ins Haus ging. Er kannte zwar die Geschichte von Nespiere, jedoch war er damals nicht dabei gewesen. In Gedanken ging er noch einmal alles durch, was ihm dazu einfiel.

Es war gut zehn Jahre her, als das Team damals ausnahmsweise ohne ihn, von den Kollegen aus Belgien um Hilfe gebeten worden waren. Es hatte in den Benelux-Ländern und dem nahen Grenzbereich über viele Jahre hinweg mehrere Entführungen gegeben, die anfangs nicht in Zusammenhang gebracht worden waren. Die Entführten waren Kinder beiden Geschlechts im Alter von 8 bis 10 Jahren oder junge Alleinreisende Touristinnen. Es wurde nie ein Opfer gefunden bis zu diesem Sommer. Die belgischen Behörden hatten ein seit mehreren Jahren nicht mehr bewohntes Haus zum Abriss freigegeben. Nachdem vergeblich versucht worden war, einen Käufer für das Haus zu finden, war überlegt worden, dass ein Neubau die beste Alternative sei. Die Abrissarbeiten waren zügig vorangegangen bis zu jenem Tag, als Bagger im Garten mit ihren Ketten so tiefe Furchen gezogen hatten dass einige Dinge zum Vorschein getreten waren, die Jahre lang verborgen geblieben waren. Nur durch Zufall waren einem Baggerfahrer die seltsamen Gegenstände aufgefallen, die zwischen den Spuren lagen. Bei genauerer Betrachtung stellte dieser fest, dass es sich um Knochen handelte. Danach ging es schnell. Der Abriss wurde gestoppt und die Polizei wurde gerufen. Es dauerte mehrere Wochen bis das ganze Gelände und das Haus durchsucht worden waren. Die Überreste von zehn Menschen wurden gefunden. Es handelte sich um die Gebeine von Kindern und Jugendlichen. Mehrere Monate intensivster Polizeiarbeit und Nachfor-

schung brachte die extra dafür einberufene Einsatz-
gruppe auf die Spur eines Pädophilen Rings. Nachdem die Gruppe wusste, wonach sie suchen mussten, fanden sie weitere Gebäude dieser Art. Insge-
samt waren es 20. Sie waren in Deutschland, Lu-
xemburg, Frankreich, den Niederlanden und eben in
Belgien. Nur die Personen, die dahinter steckten,
waren nicht auffindbar. Zu gut war die Tarnung der
Drahtzieher, bis zu jenem Tag, als ihr Team zu der
mittlerweile europäischen Ermittlergruppe kam.
Dies und der Fund einer frischen Leiche in Luxem-
burg hatten den Ring auffliegen lassen. Über 40 Personen wurden damals festgenommen und verurteilt.
Fast alle waren direkt mit den Entführungen, Misshandlungen und Tötungen der Kinder beteiligt gewesen. Nespiere war der Kopf der Gruppe gewesen.
Er hatte alles organisiert und seine Opfer den Tätern
für viel Geld überlassen. Nur durch die Tatsache,
dass Nespiere die Gelder der Gruppe ebenfalls kontrollierte, konnten alle Mittäter ermittelt werden. Es
gab aber auch zahlreiche Einzeltäter, die anonym
geblieben waren. Immerhin konnte festgestellt werden, dass diese Gruppe schon seit zwanzig Jahren
tätig war und dass nun Schluss damit wäre.
    Wenn jetzt Nespiere draußen war und er hier war,
dann waren Samaels Kinder in sehr großer Gefahr.
Die Gruppe hatte nicht nur sexuelle Missbräuche
vollzogen. Einige Kinder waren auch auf brutalste
Weise getötet worden und dies aus reiner Lustbe-
friedigung. Nespiere hatte die Kinder besorgt und in

den meisten Fällen auch entsorgt. An den Kindern hatte er sich nicht vergangen. Ihm machte es mehr Spaß, sie zu töten.

Eric überlegte, wie er es seinem Freund und Kollegen mitteilen sollte. Gerade als er Samael zur Seite nehmen wollte, klingelte Jeanettes Telefon. Alle sahen das Telefon verwirrt an.

25

Samael ließ es nicht zu, dass seine Ex-Frau nach dem Telefon griff. Er war schneller, sah aufs Display und nahm das Gespräch an.

"Hallo Anja, hast du etwas für uns?"

"Hallo Samael, was machst du denn am Telefon?"

"Ich war einfach schneller, jetzt rück schon raus mit der Sprache, hast du etwas gefunden?"

Die Anwesenden im Raum sahen ihn erwartungsvoll an. Als er es registrierte, stellte er das Gerät laut.

"Anja, ich habe laut gestellt, wir können dich also alle hören."

Eric, der geistesgegenwärtig sein Telefon gegriffen hatte, hatte Sven schon in der Leitung, so dass dieser ebenfalls mithören konnte.

"Ja, ich habe tatsächlich etwas gefunden und mich auch schon mit den Maklern und Eigentümern in Verbindung gesetzt."

Sven wurde stutzig.

"Sorry!"

Das Knacken aus Erics Telefon war auch für Anja vernehmbar. Sofort war ihr klar, dass noch jemand mithörte, der nicht bei Försters im Haus anwesend war.

"Ja, bitte?"

"Wieso haben Sie denn schon mit den Verkäufern gesprochen?"

"Nun, weil ich sie kenne. Noch vor einigen Wochen habe ich sie darum beneidet, dass sie das Haus für den gewünschten Betrag an den Mann gebracht hatten. Jetzt sieht die Sache aber anders aus. Genau wie mir gesagt worden ist, hat der Käufer einen Bankbeleg vorgelegt und nach nochmaligem Besichtigungen gefragt. Die letzte war vor ca. 4 Wochen. Seitdem herrscht nur noch E-Mail Verkehr und der auch nur spärlich. Das Haus passt auch auf die von euch beschriebenen Details. Es verfügt im Keller über einen solchen Pool und auch die Farben der Fliesen passen. Der Makler, ein alter Freund von mir, ist schon auf dem Weg zu dem Haus und bittet euch, beziehungsweise die Polizei, ebenfalls sofort dorthin zu kommen."

Die Aufregung war fast greifbar. Anja nannte ihnen die Adresse und wünschte Jeanette und Samael viel Glück. Sie hoffte, dass die Kinder noch rechtzeitig gefunden werden würden. Bevor Samael ins Auto springen konnte, nahm Jana ihn zur Seite.

"Ich weiß, warum du mich hierher gerufen hast. Es ist deine Aufgabe, deiner Frau zu erklären, warum du so eigenartig warst. Ich werde sie darauf vorbereiten, aber es ist dein Part. Ihr könnt jetzt losfahren. Wir kommen gleich nach.

Es war für Samael und seine Kollegen nur eine kurze Fahrt. Das gesuchte Haus war keine fünf Kilometer entfernt. Als sie dort eintrafen, sahen sie schon einen Mann, der vor dem Haus ungeduldig auf und ab lief. In diesem Moment war ihnen schon klar, dass etwas nicht in Ordnung war. Sie sprangen aus dem Auto, sobald es zum Stehen kam. Aus einiger Entfernung war schon das Heulen der Sirenen zu hören. Sven, der nichts anderes tun konnte, hatte weitere Polizisten, ein SEK-Team, die Feuerwehr und ein Notarztteam angefordert. Sie hofften, dass diese nicht benötigt werden würden.

"Guten Tag Herr Förster. Anja hat mir beschrieben. wie Sie aussehen und worum es geht."

Samael nickte.

"Um es kurz zu machen. Bei Gebäuden dieser Art ist es nicht ungewöhnlich, dass die Käufer mit Kontoauszügen beweisen, dass das Geld vorhanden ist. Dann ist es auch schon einmal möglich, vorab die Schlüssel zu bekommen. Jedenfalls einen Schlüssel. Ich wollte schon die Haustür aufschließen, aber das ging nicht. Anscheinend wurden die Schlösser ausgetauscht."

Samael wurde unruhig.

"Welche Möglichkeiten haben wir?"

Eric hielt Samael am Arm.

"Ich weiß, dass du jetzt sofort dort reinstürmen möchtest, aber wir sollten lieber auf die Kollegen warten. Außerdem muss ich dir noch etwas erzählen."

Samael sah Eric irritiert an.

"Wieso, was hast du erfahren und mir noch nicht erzählt?"

Eric nahm Samael zur Seite. Leise und zügig erzählte er ihm das, was er wenige Minuten zuvor selbst erst erfahren hatte. Das was Samael hörte, beunruhigte ihn noch mehr.

"Eric, du weißt, was das für ein Mensch ist. Jetzt sind meine Kinder in seiner Gewalt und du erwartest von mir, dass ich tatenlos darauf warte, bis die Kollegen da sind?"

Eric schüttelte den Kopf.

"Es geht nicht um alle Kollegen, aber mit von der Partie ist ein SEK-Team und auf die sollten wir warten. Du kannst dich bestimmt daran erinnern, als ihr damals Nespiere festgenommen habt. Dieser Mistkerl hatte jede Menge kleiner Fallen in seinem Haus verbaut. Auch hier hatte er fast vier Wochen Zeit. Wer weiß, was er hier alles gemacht hat."

Samael wusste, dass sein Freund Recht hatte. Bis sie dieses Monster endlich dingfest gemacht hatten, waren noch einige der belgischen Beamten verletzt worden. Einer sogar so schwer, dass er wenig später im Krankenhaus verstorben war.

"Und denk nur daran, wie er Björn ermordet hat. Alles was wir in den letzten Stunden erlebt haben, diese bestialischen Ermordungen, sind sein Lebensinhalt. Wir wollen ihn doch erwischen und ich glaube auch diesmal hält er sich noch im Haus auf."

Nespiere sah durch sein Fernglas, wie Samael und einige weitere Zivilisten vor dem Haus standen. Ihm war klar, dass sie ihn im Haus vermuteten. So hatten sie ihn das letzte Mal erwischt. Doch auch er war lernfähig. Er wollte zwar alles sehen, aber nicht um jeden Preis. Da es heutzutage möglich war via Internet Bilder zu übertragen, konnte er aus der Ferne zusehen. Auch wenn es nicht das Gleiche war. Seine Freiheit wollte er nicht nochmals aufs Spiel setzen, dafür hatte er noch zu viel vor. Er wusste, dass es jetzt Zeit wurde, in sein Auto zu steigen und zu seinem Unterschlupf zu fahren. Wenn er noch länger wartete, würde er den Anfang der Show verpassen. Alle Gegenstände auf dem Dachboden ließ er liegen, dazu noch einen Brief für Samael. Er wusste, dass sie diesen früher oder später finden würden. Es war nur eine kurze Autofahrt, aber weit genug weg, dass er sich hier noch ein paar Tage verstecken konnte. Das war nötig, er musste sein Aussehen wieder verändern. Sobald dies geschehen war, würde er mit dem Zug wegfahren und erst einmal untertauchen. In seinem Unterschlupf öffnete er den Laptop und gab ein paar Befehle ein. Jetzt konnte er alle wichtigen Zimmer im Haus beobachten und zusehen, ohne dort zu sein. Es war schön, dass die heutige Technik es einem so einfach machte. Er war gespannt, ob dieser Sven die anderen Kameras auch entdecken würde. Nespiere hatte diese nicht versteckt, sie waren jedoch die ganze Zeit abgeschaltet gewesen. Doch ab jetzt konnte jeder, der sich im Dark Web auskannte, an dem Schauspiel teilhaben. Er wollte die Polizei und vor allem Samael demütigen. Es war ihm vollkommen egal, ob die Kinder starben oder nicht. Das einzige, was zählte, war die Angst, die Samael haben würde, wenn sie ihn nicht fassten. Diese Angst war sehr viel mehr wert und Nespiere wusste wie er diese auch weiterhin schüren würde.

Er lehnte sich zurück und wartete auf den Anfang!

Vor dem Haus wurde es zunehmend eng. Zahlreiche Polizisten, Feuerwehrleute und Rettungsdienstler liefen aufgeregt herum. Jeder versuchte sich so gut wie möglich auf das Bevorstehende vorzubereiten. Während Samael mit dem Einsatzleiter der Bereitschaftspolizei und dem Teamleiter des SEK sprach, bereitete die Feuerwehr die Türöffnung vor. Samael und Eric hatten deren Einsatzleiter schon davon unterrichtet, was sie unter Umständen erwarten könnte. Der SEK-Leiter war davon überzeugt worden, die Feuerwehr die Türöffnung vornehmen zu lassen. Samael glaubte, dass ein Rammbock, wie ihn die Polizei normalerweise dafür einsetzt, hier ein Fehler wäre.

In einiger Entfernung betrachtete Nespiere gespannt die Vorbereitungen und war überrascht, dass es Samael möglich war, trotz der Gefahr für seine Kinder solch eine Ruhe zu bewahren. Die Idee mit der Türöffnung durch die Feuerwehr war brillant. Nespiere hatte die Tür so präpariert, dass sie bei gewaltsamer Öffnung eine Falle auslöste. Aber das war egal. Auf dem Weg in den Keller waren noch genügend weitere Fallen platziert und die meisten würden sie nicht so einfach umgehen können.

26

Die Tür war offen. Die Feuerwehr hatte einfach das Schloss herausgesägt. Das SEK-Team bewegte sich vorsichtig durch die Tür. Erst als sicher war, dass es keine Falle in der Eingangshalle gab, kamen weitere Polizisten herein. Samael, Eric und der Makler schlossen sich ihnen an. Erst als die Tür genauer untersucht wurde, wurde ihnen klar, wie knapp sie einem ersten Fiasko entkommen waren. Bei gewaltsamer Türöffnung hätte sich draußen über der Tür ein Holzbrett vom Vordach gelöst und den tödlichen Schwung einer Axt, die an einem Seil hing, freie Bahn gegeben. Zwar wären die Verletzungen nicht schlimm gewesen, da die Polizisten mit Helmen ausgerüstet waren, aber es hätte sie aufgehalten und verunsichert. Samael nahm diese Falle noch einmal zum Vorwand Allen zu verdeutlichen, wie gefährlich der Täter war. In diesem Moment rief ihn einer der SEK-Beamten.

"Herr Förster, kommen Sie mal her."

Samael, sichtlich überrascht, ging auf den vermummten Mann zu.

"Wissen Sie, ob der Täter eine militärische Ausbildung genossen hat?"

Samael überlegte, aber er konnte sich nicht mehr an alle Details aus Nespieres Leben erinnern.

"Es könnte möglich sein, wieso?"

Eric, der die Frage mitbekommen hatte, wählte schon Svens Nummer, noch bevor der SEK-Mann antworten konnte.

"Nun, ich war einige Jahre bei diversen Spezialeinheiten der Bundeswehr und auch des Öfteren zu Gast bei ausländischen Spezialisten. Diese Falle."

Der Mann deutete auf die Tür.

"Sie ist sehr akribisch angelegt worden, geradezu unauffällig, so als wäre der Täter in paramilitärischer Kriegsführung ausgebildet worden."

Bevor Samael antworten konnte, meldete sich Eric zu Wort.

"Unser Kollege am Telefon hat herausgefunden, dass unser Täter in einer belgischen Spezialeinheit war. Dort wurde er nach einem Einsatz im Ausland unehrenhaft entlassen. Der Grund hierfür ist jedoch nirgends zu finden. Die entsprechenden Textstellen sind versiegelt."

Der SEK-Beamte nickte.

"Das erklärt Einiges. Wir werden besser aufpassen müssen. Ihre Information war gut, aber nicht ausführlich genug."

Der Vermummte ließ Samael und Eric stehen und sprach mit seinem Teamleiter. Dieser nickte ein paar Mal und ergriff das Wort. Alle in der Eingangshalle verstummten.

"Wie uns eben erklärt worden ist, haben wir es mit einem in paramilitärischer Kriegsführung ausgebildeten Mann zu tun. Das heißt, dass Niemand vor meinen Jungs in einen anderen Raum geht. Primär müssen wir jetzt einen Weg in den Keller finden, damit wir die Kinder retten können."

Er deutete auf den Makler.

"Können Sie mir nochmals den Grundriss dieses Hauses zeigen?"

So schnell er konnte legte der Makler dem Polizisten den Grundriss vor. Dieser nahm ihn sich und studierte ihn. Er sprach noch einmal kurz mit seinem Team und wenige Sekunden später machten sie sich an die Aufklärung des nächsten Raumes.

Während der junge SEK-Beamte mit der militärischen Spezialausbildung die Führung der Truppe übernahm, sprach Samael mit seinem Vorgesetzten.

"Glauben Sie, dass Ihre Männer gut genug ausgebildet sind um es mit einem solchen Fallensteller aufzunehmen?"

Der Leiter des Teams nickte.

"Ja, gerade Marc, der junge Kollege dort. Er ist militärisch ausgebildet worden. Ich bin richtig froh, dass er heute mit im Team ist. Während seiner Ausbildung beim SEK hat sich gezeigt, dass er ein Auge für besondere Situationen hat. Zudem ist er fast wie Macgyver. Er kann echt aus allem was er findet etwas basteln, was uns hilft die Situation in den Griff zu bekommen."

Sie beobachteten vom Nachbarraum aus, wie das Team Zentimeter für Zentimeter den nächsten Raum absuchte. Es war zu merken, dass Marc jetzt derjenige war, auf den alle achteten. Sobald er die Hand hob blieben alle stehen. Er deutete auf den Boden und zeigte an, dass sich alle wieder zurückziehen sollten. Auch er ging zurück zur Tür. Dort angekommen nahm er einen kleinen Beistelltisch und warf ihn in den Raum. Sofort war allen klar, dass sie erneut glück hatten. Das klicken und surren von Armbrustbögen war zu hören. In den Wänden steckten mehrere Armbrustbolzen.

Samael nickte Marc zu.

"Sie haben Recht, er ist der richtige Mann für diese Aufgabe. Ein echtes Glück, dass er heute Dienst hat."

Der Teamleiter sah Samael an.

"Hat er eigentlich nicht. Er war nur zufällig anwesend als der Anruf kam. Ohne zu zögern kam er sofort mit."

In seinem Unterschlupf schäumte Nespiere vor Wut. Wie konnte das sein? Auch seine zweite und dritte Falle wurden entdeckt. Diesmal noch bevor sie hätten auslösen können. Die Laserschranke zum zweiten Raum war kurz nach der Ansprache des SEK-Mannes gefunden worden. Eigentlich hätte diese mehrere Armbrüste ausgelöst. Nespiere kochte innerlich. So viel Mühe hatte er sich gegeben, um eine so hinterhältige Falle zu bauen. Die Armbrüste waren so positioniert, dass sie beim Betreten des Raums nicht zu erkennen gewesen waren. Mit zeitverzögerten Auslösern versehen, wären sie erst ausgelöst worden, nachdem mehrere Menschen den Raum betreten hätten. Sie waren so positioniert, dass ihre Bolzen in Bauch- sowie die Oberschenkel Region abgeschossen worden wären. Auch wenn dies nicht bei allen Getroffenen zum Tod geführt hätte. Die Schmerzen wären barbarisch gewesen. Aber irgendwie hatte dieses SEK-Team diese Falle entdeckt und unschädlich gemacht. Auch die dritte Falle war sehr perfide gewesen. Diesmal hatte er Drucksensoren unter einem Teppich verlegt. Sobald eine gewisse Anzahl an Personen auf dem Teppich gestanden hätte, wären sie von mehreren Seiten mit rollenden Handgranaten überrascht worden. Dieser Schaden wäre beträchtlich gewesen und die Anzahl der Toten wäre in die Höhe geschossen. Nun waren schon drei seiner Fallen unschädlich gemacht worden. Noch zwei waren intakt. Auf diese beiden setzte er jede Hoffnung. Die Kellertreppe war ebenfalls mit einem Sensor versehen. Dieser nahm die Herzfrequenz der anwesenden Personen wahr. Sobald die Summe der Herzfrequenzen einen bestimmten Bereich erreicht hätte, wäre die Falle ausgelöst worden. Dieser Sensor war nicht so leicht zu finden, wie die anderen beiden. Außerdem gab es ihn erst seit Kurzem und er war auf dem freien Markt nicht erhältlich. Er freute sich schon, er hatte die Decke unter der Treppe in mühsamer Arbeit über mehrere Tage präpariert. Sobald die Falle auslöste, würde über die Sprinkleranlage, die im ganzen Haus installiert war, eine Säure vernebelt. Das würde alle noch Anwesenden treffen!

Während Nespiere in seinem sicheren Versteck

wachte, stoppte der SEK-Mann den Vormarsch. Er drehte sich zu seinem Teamleiter um.

"Hier stimmt etwas nicht. Dieser Ort ist perfekt für eine Falle. Ich kann aber nichts entdecken."

Da nur das SEK-Team in dem Raum mit der Treppe stand und diese vier Personen in stressigen Situationen trotzdem die Ruhe wahren konnten, löste die Falle nicht aus. Während sich das SEK-Team beriet, wurde Samael immer unruhiger. Er wollte zu seinen Kindern. Es machte ihn verrückt zu warten, aber die bisherigen Fallen zeigten ihm, warum es so langsam voran ging. Seine Sorge um die Kinder stieg von Minute zu Minute. Gerade als er einmal mehr Eric nerven wollte, dass dieser auf dem Handy schauen sollte, wie hoch das Wasser mittlerweile sei, kam der Leiter des SEK-Teams auf ihn zu.

"Herr Förster, mein Kollege ist beunruhigt. Er weiß, dass in dem Raum dort vorne eine Falle versteckt ist. Er kann sie aber nicht entdecken. Wir werden jetzt einzeln die Treppe hinuntergehen. Für den Fall, dass wir keine Falle finden, diese aber auslösen sollte, müssen wir Sie bitten, besonnen vorzugehen. Auch glauben wir, dass es sinnvoller wäre, wenn die alle Personen das Haus verlassen. Das Risiko, dass hier etwas Schlimmeres deponiert wurde, ist zu groß. Zurzeit ist es besser, wenn alle Polizisten, Feuerwehrleute und Rettungsdienstmitarbeiter vor dem Haus warten, bis wir Entwarnung geben."

Auch wenn es Samael nicht gefiel. Er wusste, dass der Mann Recht hatte. Sofort und ohne große Verzögerung evakuierten sie sämtliche Personen aus dem Haus. Es wurde eine Sicherheitszone eingerichtet, in welcher keiner mehr stehen durfte. Als alles erledigt war, wollte Samael wieder ins Haus gehen. Eric hielt ihn fest.

"Was machst du? Hast du den Leiter nicht verstanden?"

"Doch das habe ich, aber es ist mir egal. Ich will zu meinen Kindern."

Eric verstand ihn. Auch wenn er keine Kinder hatte, so wusste er doch, wie schmerzlich es sein konnte, jemanden, den man liebte, nicht aus einer Gefahrensituation retten zu können. So hatte er seine Frau verloren, die bei einem Segeltörn ums Leben gekommen war. Er hatte sie nicht mehr rechtzeitig erreichen können, um sie zu retten.

"In Ordnung, aber ich komme mit."

Samael wollte widersprechen, aber er sah den entschlossenen Blick in Erics Augen. Sie eilten zum Raum mit der Treppe. Dort angekommen hielten sie und versuchten zu lauschen. Es war nichts zu hören. Langsam schlichen sie zur ersten Stufe. Sie erwarteten schon, die Leichen des SEK-Teams auf der Treppe liegen zu sehen. Dort waren aber keine. Behutsam gingen sie die Treppe hinunter. Samaels Herz raste, doch Erics niedriger Herzschlag sorgte dafür, dass die Falle nicht auslöste. Als sie den Fuß der Treppe erreichten, stießen sie auf das Team. Verwundert sahen sie die beiden an und zuckten mit den Schultern.

"Wir haben die Falle gefunden, aber nicht den Auslöser. Einer meiner Männer versucht gerade, die Falle unschädlich zu machen."

Der Leiter des SEK´s deutete hinter seinen Rücken. Dort sahen Samael und Eric den Mann in der Tür zu einem Versorgungsraum stehen und mit Werkzeug hantieren. Wenige Minuten später hob dieser den Daumen.

"So, das Säurefass ist abgeklemmt. Ich spüle jetzt nur noch die Leitung. Dann ist alles in Ordnung. Egal was der Auslöser ist. Er kann uns keinen Schaden mehr zufügen."

Nespiere tobte. Wie konnte das sein? Dieses vermaledeite SEK machte ihm seinen schönen Plan zunichte. Alles was er wollte, war Samael leiden zu lassen. Es reichte ihm, wenn Samael damit hätte leben müssen, dass für die Rettung seiner Kinder jede Menge anderer Menschen das Leben verloren hätten. Aber das hier war unerträglich. Niemand war tot oder wenigstens verletzt. Die Wut drohte ihn zu übermannen. Er überlegte schon, ob er nicht doch hinfahren sollte. Um wenigstens etwas Schaden anzurichten. Doch diese Idee schob er wieder beiseite. In den Jahren im Gefängnis hatte er gelernt, seine Wut besser zu kontrollieren. Das war einzig und allein der Grund, warum ihn bisher noch niemand enttarnt hatte. Die Meditation, die er im Gefängnis gelernt hatte, half ihm jetzt durchzustehen und nicht wie ein Irrer auf diese Menschen loszugehen.

Zügig schritt das SEK auf die Tür zum Poolraum zu. Dort angekommen machte sich der ehemalige Elitesoldat sofort auf die Suche nach einer Falle. Einen kurzen Augenblick später gab er Entwarnung.

"Hier ist keine Falle, aber passt bitte auf, wer weiß, was dieser Verrückte im Raum noch versteckt hat."

Langsam und besonnen erkundete das SEK-Team den Poolraum. Nachdem sie alles in Augenschein genommen hatten, gaben sie Entwarnung. Hier war wirklich nichts mehr. Sofort schritt Samael an den Poolrand. Das Wasser hatte mittlerweile den Hals seiner Kinder erreicht. Er wollte ins Wasser springen, als der SEK-Mann ihn aufhielt.

Die Kinder, die nichts sehen konnten, konnten dennoch die Stimmen hören. Sie schrien erneut aus Leibeskräften. Es waren mehrere Stimmen und sofort war ihnen klar, dass die Rettung auf dem Weg war. Ihr Entführer hatte alleine gearbeitet. Das Gefühl, unendlich lange hier im Wasser gewesen zu sein und jetzt die Stimmen zu hören, war überwältigend. Beide sahen nichts, aber sie wussten, ihnen blieb nicht mehr viel Zeit. Sie begriffen nicht, warum niemand ins Wasser kam. Es schien eine Unendlichkeit zu dauern, bis jemand die Treppe ins Wasser hinunter stieg. In diesem Moment ging beiden die gleiche Frage durch den Kopf. Wie wollten ihre Retter sie hier herausbekommen?

"Eine Falle gibt es anscheinend doch noch."

Er deutete auf den Pool. Samael hatte keine Ahnung, worauf der Mann hinaus wollte. Als dieser sich hin kniete und mit der Waffe übers. Wasser streichen wollte, begriff Samael. Knapp über den Köpfen seiner Kinder war ein Draht gespannt. Wie ein engmaschiges Spinnennetz.

"Was ist das?"

Stirnrunzelnd sah der SEK-Beamte Samael an.

"So wie es aussieht, würde ich meinen, dass es Klavierdraht ist. Wenn das gut gespannt ist und einer von uns unbesonnen in den Pool gesprungen wäre, na ja, dann hätten wir Gulasch gehabt."

Samael drehte sich der Magen um.

"Und jetzt? Wie bekommen wir meine Kinder dort raus?"

Über Funk forderte der SEK-Beamte die Feuerwehr mit verschiedenen Werkzeugen an.

"Ich glaube nicht, dass wir den Draht einfach durchschneiden können. Wahrscheinlich lösen wir dann etwas aus und das könnte schlimmer sein als der Draht. Sehen Sie dort, wo die Leiter ist. Dort ist ein Loch im Drahtgewirr. Da werden wir ansetzen.

27

"Was haben Sie vor? Warum passiert hier nichts?"

Samael sah den SEK-Beamten, der sich als ehemaliger Elitesoldat entpuppt hatte, grimmig an. Dieser deutete auf den Pool.

"Wollen Sie Ihre Kinder wohlbehalten aus dem Loch da herausbekommen? Dann lassen Sie mich das machen, wofür ich einmal ausgebildet worden bin."

Samael trat zurück. Er wusste, dass dieser Mann Recht hatte. Aber wie wollte er seine Kinder retten? So wie es aussah, waren sie mit schweren Ketten am Poolboden befestigt. Ihm wurde übel. Er sah zu wie das Wasser unaufhörlich höher stieg. Plötzlich hatte er eine Idee.

"Können wir das Wasser nicht abdrehen?"

Der Polizist schüttelte den Kopf.

"Daran habe ich natürlich auch schon gedacht. Aber die Tür zum Versorgungsraum des Pools ist zugeschweißt. Es ist zwar nur grob, aber es hält uns zu lange auf. Bis wir die Tür geöffnet haben, ist das Wasser zu hoch und je nachdem was unser Täter dort für eine Falle eingebaut hat, könnte es fatale Folgen haben. Bei der Hauptwasserleitung hat der Täter den Schacht mit Beton gefüllt. Ich frage mich, warum das niemanden aufgefallen ist. Die Stadt ist gerade dabei die Wasserzufuhr für diesen Bereich stillzulegen. Dass dauert aber etwas. Warten Sie einfach ab. Ich habe da eine Idee und das sollte klappen."

Wenige Minuten später hörte Samael, wie eilige Schritte die Treppe herunter kamen. Mehrere Männer der Feuerwehr schleppten Gerätschaften und Schläuche an. Während Samael ihnen zusah, vernahm er einen Aufschrei im Treppenhaus. Die Sprinkleranlage hatte ausgelöst. Wenige Sekunden später begannen auch bei ihnen im Poolraum, das Wasser von der Decke zu regnen. Erst jetzt bemerkte Samael, dass der SEK-Beamte seine Ausrüstung abgelegt hatte. Nur den Overall und seine Sturmmaske hatte er noch an. Als die Sprinkleranlage starte, grinste er.

"Zum Glück ist die Säure nicht mehr in der Leitung."

Im nächsten Moment wurde er wieder ernst.

"Au, Scheiße!"

Samael begriff nicht, was los war. Er sah, dass der SEK-Mann eilig mit den Feuerwehrmännern sprach. Diese verfielen in Laufschritt und brachten immer mehr Gerätschaften an. Dann begriff Samael, dass das zusätzliche Wasser den Pool noch schneller füllte. Ehe er wusste, was geschah, kletterte der SEK-Beamte in den Pool. Von der Feuerwehr ließ er sich einige Geräte und Schläuche anreichen. Noch bevor Samael verstand, was dort passierte, war ein Summen zu hören. Eric der neben ihm stand nickte.

"Sie haben eine Pumpe in den Pool gestellt. Jetzt versuchen sie, das Wasser so schnell wie möglich abzupumpen. Wahrscheinlich werden sie den Wasserstand so anhalten können. Die Idee ist klasse. Aber was der Kollege des SEK dort vorhat und was jetzt passieren soll, ist auch mir schleierhaft."

Sie sahen zu wie die Feuerwehr dem Mann im Wasser ein weiteres Gerät und eine Taucherbrille anreichte.

"Wo zum Teufel haben die eine Taucherbrille her und was hat er jetzt vor?"

Eric zuckte mit den Schultern.

Jasper und Celina wurden panisch als sie merkten, dass von oben ebenfalls Wasser kam. Sie spürten, dass das Wasser nun schneller stieg. Auf einmal begann der Wasserspiegel zu verharren. Sie hatten sogar das Gefühl, dass er langsam zu sinken begann. Noch bevor sie wussten, was los war, merkten sie, wie die Person, die kurz zuvor ins Wasser geglitten war, auf sie zukam. Langsam zog er ihnen die Säcke von den Köpfen und stand nun geduckt vor ihnen, als wenn er nicht aufrecht gehen konnte. Als sie ihn sahen, erschraken sie. Es war ein komplett in schwarz gekleideter maskierter Mann. Der Schreck ließ sie zusammenzucken, doch schon wenige Sekunden später nahm jeder von ihnen wahr, dass auf dem Overall Polizei geschrieben stand. Sie wussten, dass die Rettung nicht mehr lange auf sich warten ließ. Der Mann ging auf Celina zu.

"Hör mir gut zu Mädchen. Ich werde jetzt gleich deine Ketten lösen. Du darfst dich auf keinen Fall aufrecht hinstellen. Über uns ist ein Geflecht aus

Drahtseilen gespannt, du könntest dich fürchterlich verletzten. Bleibe in dieser Position, bis ich wieder vor dir bin, hast du mich verstanden?"

Celina nickte.

Fasziniert sahen Eric und Samael von oben zu was, der Mann dort machte. Ihm war ein großes Gerät von der Feuerwehr gereicht worden. Das war mit einem dicken Schlauch verbunden, welcher die Kellertreppe hoch führte und wahrscheinlich zu einem Feuerwehrauto verlief. Neben ihnen tauchte ein Feuerwehrmann auf.

"Meine Güte. Dass was dieser Mann vorhat ist ja Wahnsinn."

Samael und Eric sahen ihn verständnislos an.

"Nun meine Herren, das Gerät, was er dabei hat, ist eine hydraulische Metallschere. Damit will er die Ketten durchtrennen. Ob das klappt, ist fraglich, je nachdem aus welchem Material die Ketten sind. Und dann muss er auch noch an mehreren Stellen ansetzen."

Der Feuerwehrmann schüttelte mit dem Kopf.

"Glauben Sie nicht, dass er es schafft?"

"Ich hoffe es, aber es ist eher unwahrscheinlich!"

Erst jetzt bemerkte Samael den Schweizer Dialekt. Es war irgendwie eigenartig. Hier in der Eifel. Aber das war jetzt nebensächlich. Er sah hinunter in den Pool. In eben diesem Moment war der Polizist fertig damit, Celina etwas zu sagen. Nun tauchte er hinunter. Von oben durch das Drahtgewirr und dem sich

bewegenden Wasser war kaum etwas zu erkennen.
Samael wunderte sich wie lange der Mann unter
Wasser bleiben konnte. Es kam ihm wie eine Ewigkeit vor. Doch gerade als er glaubte, der Mann sei
bewusstlos geworden, tauchte dieser langsam auf
und atmete tief durch. Langsam hob er den Daumen,
um anzuzeigen, dass er es geschafft hatte. Danach
hob er den Zeigefinger.

"Unglaublich, er hat es tatsächlich geschafft. Bin
mal gespannt, wie oft er das Kunststück noch hinbe-
kommt. So wie es aussieht gibt es noch eine Kette,
die er lösen muss. Warten wir´s ab."

Samael sah zu, wie sich der Mann um seine Tochter herum bewegte.

Celina spürte, dass sich die Ketten lockerten. Sie
versuchte sich zu bewegen, nur um festzustellen,
dass sie immer noch fest hing. Angsterfüllt sah sie
zu, wie der Polizist sich um sie herum bewegte. Ohne auch nur ein Wort zu sagen, tauchte er wieder ab.

Von oben war nichts wahrzunehmen. Es dauerte
eine gefühlte Ewigkeit bis der Mann wieder auftauchte. Diesmal war sofort zu sehen, dass er Erfolg
gehabt hatte. Celina bewegte sich langsam. Mit
schmerzverzerrtem Gesicht ließ sie sich von dem
SEK-Beamten an die Leiter führen. Er achtete darauf,
dass sie keine ruckartigen Bewegungen machte und
sich nicht zu ihrer vollen Größe aufrichtete. An der
Treppe angekommen, half er ihr hinauf, immer da-

rauf bedacht, dass sie nicht zu dicht an die Drähte kam.

Celina konnte es nicht glauben. Sie war frei. Kaum war sie an der Treppe, als ihr bewusst wurde, dass ihr Bruder noch im Wasser war. Sie wollte zu ihm umkehren, aber der Polizist verhinderte das. Er zwang sie die Leiter hinauf. Oben angekommen wurde sie direkt von einem Sanitäter und dem Notarzt betreut. Erst jetzt bemerkte sie ihren Vater, der direkt neben ihr stand. Ungeduldig wartete er darauf, dass er zu seiner Tochter durfte. Sie wurde kurz untersucht, danach wurde Samael gestatten, sie in den Arm zu nehmen. In diesem Moment gingen ihm so viel Gedanken durch den Kopf. Von Freude über die Rettung seiner Tochter, bis zur Angst um seinen Sohn. In seinem Kopf herrschte durcheinander.

Jasper verfolgte die Rettung seiner Schwester. Er hatte Angst, aber es war ihm klar, warum der Polizist erst seine Schwester gerettet hatte. Er war älter und größer und er war der Junge. Jetzt kam er zurück und gleich wäre auch er frei. Jaspar konnte es kaum abwarten. Der Polizist tauchte ab. Jasper spürte es an der Kette ruckeln, aber sie wurde nicht lockerer. Als der Polizist auftauchte war Jasper sofort klar, dass etwas nicht stimmte.

"Scheiße!"

Der SEK-Beamte machte sich wieder zur Leiter auf. Er bedeutete den Feuerwehrleuten, die Schere aus dem Wasser zu ziehen. Als sie sie sahen, waren alle schockiert. Die ersten beiden Ketten hatten der Schere so zugesetzt, dass diese bei der dritten vollkommen zerstört worden war. Die Klingen waren verbogen.

"Habe ich doch gesagt. Die Schere ist für Blech und Auto Stahl gemacht und nicht für Kettenglieder."

Samael hätte dem Feuerwehrmann am liebsten eine verpasst. Gerade als Samael sich wieder im Griff hatte, war ein weiteres unheilvolles Geräusch zu hören. Wenige Sekunden später war ein aufgeregtes Durcheinander bei den Feuerwehrleuten zu sehen. Die Wasserpumpe hatte versagt! Zügig bargen die Feuerwehrmänner die Pumpe und versuchten den Fehler zu beheben.

Jasper spürte, dass etwas nicht stimmte. Das Sinken des Wasserstandes war zum Stillstand gekommen. Nun füllte sich das Becken wieder und Panik stieg in ihm auf. Der Polizist war nicht zu sehen. Er stand hinter ihm an der Leiter und rief laut. Jasper verstand die Worte nicht, aber der Tonfall war eindeutig. Der Polizist wurde hektisch.

Das Durcheinander war perfekt, Nespiere schmunzelte, auch wenn sein Plan nicht so aufgegangen war, wie er erhofft hatte. So war alles wunderbar mit anzusehen. Die Panik, die selbst über die Kameras in Samaels Gesicht zu sehen war. Die Hektik, die aufkam, als die Pressluft Schere ihren Geist aufgab, und zu allerletzt noch die Pumpe. Anscheinend hatte die Feuerwehr die Wartung nicht ordentlich vorgenommen. Das Wasser stieg wieder. Jetzt lehnte er sich wieder zurück. Ein Toter war ihm auf jeden Fall gesichert. Nespiere rieb sich die Hände. Auch wenn es nicht so gelaufen war, wie er wollte, konnte er damit leben. Für die Zukunft würde dieser tragische Verlust sein perfides Spiel vielleicht noch erleichtern. Gerade als er sich entspannen wollte, sah er etwas auf dem Monitor, dass ihm wieder die Zornesröte ins Gesicht trieb.

Jasper schloss die Augen und hoffte, dass es irgendeine Möglichkeit gab, ihn zu befreien. Jemand tippte ihm auf die Schulter. Jasper öffnete die Augen und sah den Polizisten vor sich. Er hielt ihm eine Gesichtsmaske vor die Augen.

"Das hier ist eine Atemmaske von der Feuerwehr und das hier ist eine Flasche mit Atemluft. Hast du so etwas schon einmal gesehen oder benutzt?"

Jasper schüttelte den Kopf. Trotz des ganzen Durcheinanders und der Schreie oben, konnte er den Polizisten gut verstehen.

"Gut, das ist nicht schlimm. Ich setzte dir jetzt diese Atemmaske auf, du kannst normal weiteratmen. Auch wenn das Wasser so hoch gestiegen ist, dass du mit dem Kopf unter Wasser bist. Ich erwarte noch ein Gerät. Damit werde ich dich auch befreien können. Jetzt ist es erst einmal wichtig, dass du weiterhin Luft bekommst. Wenn ich dich befreit habe, darfst du auf keinen Fall einfach auftauchen. Ich werde dich zur Leiter führen. Dort kannst du dann aus diesem Pool herausklettern. Hast du das verstanden?"

Jasper nickte.

Der Polizist setzte ihm die Maske auf. Für Jasper war es ein eigenartiges Gefühl. Die eingeschränkte Sicht und der leichte Widerstand beim Atmen waren ungewöhnlich. Seine Panik verflog langsam. Die Sicherheit, die ihm dieser Polizist gab, war sehr hilfreich.

Nespiere hatte sich wieder im Griff. Er hatte die hiesige Polizei unterschätzt. Kaum zu glauben, dass es in dieser Truppe jemanden gab, dessen Gehirn sich auf diese sich schnell ändernden Situationen einstellen konnte. Ihm war bewusst, dass die SEKs gut ausgebildet wurden, aber hier hatte er es wahrscheinlich mit einem ehemaligen Soldaten einer Spezialeinheit zu tun. Ihm war der Spaß an seinem Spiel vergangen, wegsehen konnte er trotzdem nicht. Irgendwie hoffte er, dass wenigstens einem etwas passierte. Wenn nicht, musste er sich für das nächste Mal etwas Besseres einfallen lassen.

Samael lief am Beckenrand hin und her. Kaum etwas entging ihm. Der Polizist im Wasser kümmerte sich hervorragend um seinen Sohn. Seine Tochter war schon draußen. Dort waren Jeanette und Jana. Die beiden konnten sich um Celina kümmern. Und sie waren erst einmal in Sicherheit. Es war eine komplette Einheit der Bereitschaftspolizei vor Ort. Ein Teil dieser Truppe schützte das Haus und die anwesenden Personen, der Rest kontrollierte die Umgebung. Jedem hier war klar, dass der Täter nicht weit weg sein konnte. Eine solche Tat wollte beobachtet werden. Auch wenn die Kameras noch liefen, glaubten alle außer Sven, das Nespiere noch in der Nähe war. In der Zwischenzeit versuchte Sven die Kameras offline zu schalten. Damit Nespiere aus seinem Versteck kam.

Samael wartete darauf, dass der SEK-Mann im Wasser seinen Sohn befreite. Da die Hydraulikschere kaputt war, warteten sie auf Ersatz. Doch anscheinend war so schnell nichts zu bekommen.

Vor dem Haus beobachteten Celina, Jeanette und Jana, wie aus der Ferne ein Helikopter auf sie zusteuerte. Als dieser in einigem Abstand vor dem Haus landete, atmeten beide auf. Anscheinend hatten die Polizei und die Feuerwehr auf diesen Heli gewartet. Kaum dass er aufgesetzt hatte, rannten schon einige Uniformierte auf die Tür zu. Während diese aufging, sahen Celina und ihre Mutter, dass in dem Helikopter schweres Gerät transportiert worden war. So schnell es ging, brachten die Polizisten und Feuerwehrleute mehrere Gegenstände ins Gebäude.

Ein Aufatmen ging durch die Menschen, die um den Pool versammelt waren. Samael drehte sich zur Tür und sah, wie mehrere Männer mit verschiedenen Geräten ankamen. Sie stellten die Sachen bei der Leiter ab und gaben dem Mann im Wasser ein Zeichen. Kurz darauf streckte dieser seinen Kopf aus dem Pool. Er deutete auf ein Gerät und ließ sich wieder ins Wasser ab. Es war unglaublich, wie schnell die Feuerwehrleute das Gerät angeschlossen hatten. Sie überprüften noch rasch, ob alles funktionierte und ließen es dann ins Wasser. Eric drehte sich zu Samael.

"Ganz schön schweres Gerät, eine hydraulische Flex. Die kann man auch unter Wasser betreiben. Dieser Kerl dort unten ist schon etwas ganz Besonderes. Es ist ein Glück, dass er dem gerufenen SEK-Team angehört."

Samael nickte.

Der SEK-Mann nahm die Flex im Wasser an. Er hatte zudem einen Bleigurt von der Feuerwehr erhalten. So konnte er ohne Problem unter Wasser arbeiten. Mit einer besonderen Schutzbrille und einem Atemgerät auf dem Rücken bewegte er sich zu Jasper. Diesem legte er ebenfalls einen Bleigurt um. So konnte verhindert werden, das Jasper an die Oberfläche getrieben wurde. Sein Kopf war schon halb unter Wasser und es war ihm anzusehen, dass er Angst hatte. Der Polizist gab Jasper ein Zeichen und tauchte ab. Jasper wusste, dass er gleich frei sein würde. Wenige Sekunden später spürte er, wie sich die Kette lockerte. Als er frei war, versuchte er so ruhig wie möglich zu bleiben, auch wenn er am liebsten sofort auf die Leiter zugestürmt wäre. Die Worte des Polizisten hingen aber noch in seinem Ohr.

"Bleib da wo du bist, auch wenn du frei bist. Ich werde dich zur Leiter bringen, sobald alles sicher ist."

Jasper hatte das Gefühl, eine Ewigkeit gewartet zu haben, als der Polizist vor ihm auftauchte. Jetzt nahm ihn dieser an die Hand und führte ihn zur Leiter. Dort nahm er ihm die Maske ab und ließ ihn hinaufklettern.

Samael schloss seinen Sohn in die Arme. Gemeinsam verließen sie das Haus. Draußen wartete schon der Rest der Familie auf die beiden. Sofort wurden auch Samael und sein Sohn von Sanitätern und Ärzten betreut. Während hinter ihnen die Aufräumarbeiten begannen, wurde die Familie ins Krankenhaus gebracht.

28

Wenige Stunden später war klar, dass den Kindern körperlich nur leichter Schaden zugefügt worden war. Einige Schürfwunden und eine leichte Unterkühlung waren entstanden. Der psychische Schaden war noch nicht absehbar. Während dieser Zeit im Krankenhaus erzählte Samael Jeanette von seiner Begabung und warum ihn das so stresste. Er hatte angenommen, dass sie ihn für verrückt halten würde. Aber entgegen seiner Vorstellung nickte Jeanette nur.

"So etwas habe ich vermutet. Auch wenn du es nicht glaubst, in dem Jahr unserer Trennung habe ich sehr viel darüber nachgedacht. Mir wurde klar, dass es etwas Besonderes Sein muss. Im Rückblick ist mir aufgefallen, wie sehr du dich in den Jahren unserer Beziehung verändert hast. Ich habe mit Jana schon über das Thema Spiritualität gesprochen, immerhin ist sie ja eine Fachfrau dafür. Wir sollten noch etwas Zeit mit ihr und ihrem Mann verbringen. Ich glaube, dass könnte uns helfen."

Noch im Krankenhaus waren Samaels Kollegen zu ihnen gekommen. Nachdem klar war, dass Samaels Familie vorerst in Sicherheit war, begann die Nachbearbeitung des Falles. Samael war mit seinen Kollegen dafür nicht aufs Präsidium gefahren sondern zur Bereitschaftspolizei. Da mittlerweile so viele Menschen an dem Fall beteiligt waren, brauchten sie den großen Konferenzraum dort.

Es war gar nicht so einfach, heimlich aus dem Krankenhaus zu verschwinden. Nach dem Großaufgebot an Polizei und Hilfskräften war auch die Presse dahinter gekommen was geschehen war. Auch vor dem Krankenhaus, war ein Riesen Aufgebot an Presse erschienen. Da es am Tatort nun nichts mehr zu erfahren gab, hofften sie, hier an Informationen zu kommen.

Samael stand nun im Konferenzraum. Vor ihm saßen im Halbkreis die meisten Polizisten, die an dem Fall beteiligt gewesen waren. Hinter ihm waren zwei große Monitore aufgestellt. Auf einem war Sven zusehen, auf dem anderen ein belgischer Polizist. Samael räusperte sich.

"Ich möchte mich bei allen hier Anwesenden dafür bedanken, dass meine Kinder gerettet wurden!"

Zustimmend klatschten alle.

"Dennoch muss erwähnt werden, dass wir den Täter Roberé Nespiere nicht gefasst haben. Während des Einsatzes hat Sven versucht, Nespieres Aufenthaltsort zu bestimmen. Da im DarkNet zahlreiche Menschen alles über die Kameras beobachtet haben, ließ sich das nicht bewerkstelligen. Unser Täter hat mehrere Menschen getötet, nur um mich zu quälen. Allein vier Unschuldige sind gestorben, weil Nespiere ein perfides Rachespiel spielen wollte. Hier gibt es jetzt noch ein paar Erkenntnisse."

Der belgische Polizist räusperte sich.

"Zuerst müssen wir uns für diesen schrecklichen Fehler entschuldigen. So wie es aussieht, hat Nespiere seinen Ausbruch von langer Hand geplant. Es ist zurzeit auch nicht auszuschließen, dass er intern Hilfe hatte. Nach dem was wir bis jetzt wissen, hat er es ausgenutzt, dass es einen Gefangenen gibt, der ihm sehr ähnlich sieht. Irgendwann in der Haft muss er seinen Platz mit diesem getauscht haben. Da Nespiere ein Meister der Manipulation ist, wurde dem anderen Gefangenen nicht geglaubt. Dieser ist des Öfteren aggressiv und auffällig geworden, so dass er immer wieder auch sediert wurde, bis zu eurem Anruf. Erst danach ist aufgefallen, dass etwas nicht stimmte. Der Vergleich der Zahnarztunterlagen brachte es dann man's Tageslicht. Nochmals müssen wir uns für diesen Fehler entschuldigen."

Samael nahm die Entschuldigung ruhig und gelassen auf. Er wusste, was für ein Psychopath Nespiere war. Schon damals war klar, dass dieser Mensch vor nichts zurückschreckt. Sven riss Samael aus seinen Gedanken.

"Wir wissen bis jetzt nur, dass Nespiere sich hier in Wittlich eine kleine Existenz aufgebaut hat. So wie es aussieht, hat er sich sehr lange Zeit gelassen, um alles vorzubereiten. Die Frage, die wir uns stellen müssen, ist die, ob Nespiere jetzt genug hat oder ob er wiederkommt. Dieser Mann hat bewiesen, dass er jede Menge Geduld hat. Wenn er wiederkommt, müssen wir vorbereitet sein."

Samael nickte.

"Wir haben uns schon einiges ausgedacht. Es wird schwierig sein. Nespiere wird sich nicht so einfach

überführen lassen. Auf jeden Fall ist ein internatio-
naler Haftbefehl ausgestellt worden. Aber ich glaube, dass er sich erstmal versteckt hält und abwartet,
bis die Luft wieder rein ist. Da Nespiere wahrscheinlich noch über jede Menge Geld verfügt, kann es
noch eine Weile dauern."

Samael räusperte sich.

"Mein größter Dank gilt Marc!"

Er deutete auf einen sportlichen jungen Mann, der
sich von seinem Sitz erhob.

"Ohne dich wären meine Kinder jetzt nicht mehr
am Leben, danke!"

Samael trat auf Mark zu und umarmte ihn.

In einiger Entfernung saß Nespiere inzwischen in
einem sicheren Versteck. Schmunzelnd sah er sich
die Übertragung auf dem Monitor an. Das war sein
Meisterwerk. Noch hatte niemand bemerkt, dass er
sich Zugang zu den Kameras im Polizeirevier und
der Bereitschaftspolizei verschafft hatte. Die illustre
Runde, die er zurzeit beobachtete, brachte ihn noch
mehr zum Lächeln. Er hatte noch eine besondere
Überraschung für Samael.

Auf einem Tisch stand eine Kühlbox mit belegten
Brötchen und Würstchen. Jetzt, da alles besprochen
war, eröffnete Samael das kalte Buffet und freute
sich darüber, dass die Kantine an ihn gedacht hatte.
Alle anwesenden Griffen beherzt zu, nur Mark und
Samael nicht. Die beiden waren im Gespräch ver-

tieft. Marc unterbrach die Unterhaltung.

"Samael!"

Marc, deutete hinter Samael auf die Monitore.

"Was ist los? Du siehst aus als wäre etwas nicht in Ordnung!"

Gerade als Samael ins Brötchen beißen wollte melde sich auch Sven auf dem Monitor.

"Wartet mal. Irgendetwas stimmt hier nicht. Es versucht sich gerade jemand auf die Monitore zu hacken."

Sowohl Sven als auch der belgische Beamte verschwanden von den Bildschirmen. Auf einem Monitor erschien eine schwebende sich drehende Anonymous Maske, auf dem anderen lief ein Film ab.

Es dauerte ein wenig bis alle Anwesenden begriffen, dass der Film chronologisch rückwärts abgespielt wurde. Die Kühlbox wurde vom Tisch im Besprechungsraum genommen und durch die Flure vor das Gebäude gefahren. Dort wurde sie in einen Lieferwagen gestellt. Dieser wiederum fuhr nun mit Blick aus dem Frontfenster rückwärts zur Bereitschaftspolizei. Anscheinend war der Fahrer den Pförtnern bekannt, er wurde einfach durchgewunken. Wenig später hielt das Auto, dort wurde die Kühlbox in eine Küche gebracht. An dieser Stelle ließen alle, ihr Essen aus der Hand fallen. Jedem war jetzt klar, dass hier etwas nicht stimmte. Die Kantine würde nie ihr Essen von auswärts beziehen. In der Küche wurden die Brötchen belegt, danach sah man, wie die Wurstwaren noch frisch zubereitet in den

Kühlschrank gelegt wurden. Was jetzt folgte, sorgte
für Übelkeit. In den letzten Szenen war ein großer
Behälter mit diversen Innereien zu sehen. Das letzte
Bild, welches als Standbild eingefroren wurde, zeigte
eine junge Frau, die nackt auf einem Metalltisch
gefesselt war. Die Augen waren weit vor Angst.
Jeder der Anwesenden hatte nun begriffen, was hier
geschehen war. Diejenigen, die schon etwas gegessen hatten, übergaben sich. Auf dem Bildschirm
erschien eine letzte Botschaft.

DU BIST NIRGENDS SICHER

Sven erschien wieder auf dem Monitor.
"Ey, Mann, wie hat der Kerl das nur geschafft?"
Auch Samael fragte sich was hier geschehen war.
Die Botschaft war jedoch eindeutig. Auch in Zukunft
konnte er sich nicht sicher fühlen. Die Frau auf dem
Tisch hatte er sofort wiedererkannt. Es war das erste
Mordopfer, jenes das er im Wald beim Joggen gefunden hatte.